우리는
이 별을

떠나기로
했어

우리는
이 별을

떠나기로
했어

천선란
박해울
박문영
오정연
이루카

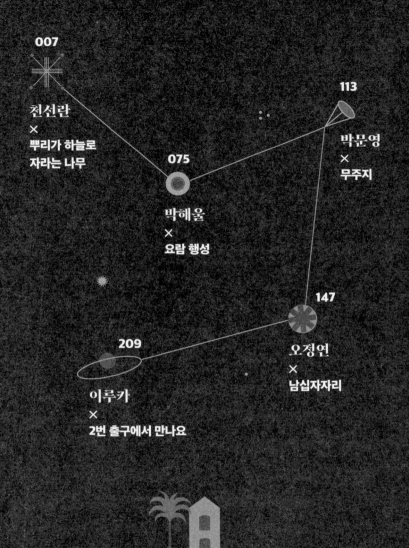

007
천선란
×
뿌리가 하늘로
자라는 나무

113
박문영
×
무주지

075
박해울
×
요람 행성

147
오정연
×
남십자자리

209
이루카
×
2번 출구에서 만나요

뿌리가 하늘로
자라는 나무

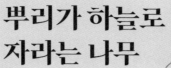

천선란

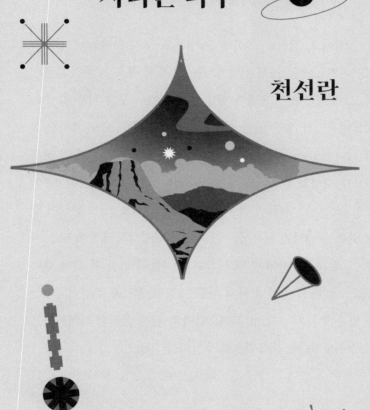

1

29-01-17

안 꿨어요. 악몽은 이곳에 온 이후로 꾸지 않아요. 그전에도 마찬가지였어요. 분쟁 지역에서는 늘 깊게 자요. 오히려 다행이죠. 그렇지만 제가 유별난 것도 아니에요. 누구나 처음 몇 주는 힘들어하지만, 몸은 금방 상황에 적응하니까요. 모두 깊이 잠들어 있다가도 사이렌 소리가 들리면 즉각적으로 반응해요. 전투복으로 갈아입고 총기를 챙겨 컨테이너 앞에 모이기까지 3분이 넘지 않으니까. 사람의 적응력은 무서운 거예요. 생존 본능이 알고 있죠. 살아남기 위해서는 이 극한 상황에서도 충분히 잠을 자고, 잘 먹고, 잘 웃어야 한다는 걸. 레바논에 있을 때 함께 했던 동료들을 다시 만나면 마치 다들 그것이 즐거운 추억이었다는 듯 입을 모아 몇 시간이고 떠들었어요. 분명 끔찍한 기억이었는데, 살아남았다는 이유만으로 추억이 된 거죠.

레바논에 갔던 건 7년 전이에요. 그때가 스물 셋이었어요. 어렸을 때 운동을 했거든요. 체력 테스트는 어렵지 않았는데 정신력 테스트에서 늘 긴장했죠. 뜀걸음을 할 때보다 상담실 앞에서 기다릴 때 심장이 더 빨리 뛰었어요. 부진한 성적을 받고 코치

휴게실 앞에 서 있을 때처럼. 근데 그때보다 더 지독한 기분이었어요. 성적은 이미 나온 거고, 다음에 더 잘하면 된다는 말이 통했지만 테스트는 저를 까발리는 거잖아요. 내가 꽁꽁 감춰두고 있던, 내 안의 고름을 짜내는 기분이었죠. 찝찝하고, 더럽고, 불쾌하고. 테스트는 일주일에 3일씩, 몇 주간 반복됐고 그때마다 그 사람도 자리에 늘 있었어요. 그 사람이 누구냐고요? 저도 몰라요. 확실히 기억나지 않아요. 그저 언젠가부터 제 기억 속에 자리 잡고 있죠. 제가 어렸을 때 굴다리에서 그 사람을 만났던 순간부터요. 왜 만났고, 무엇을 했는지 기억나지 않지만 그 장면만은 선명해요.

어쨌거나 그 사람을 필사적으로 무시했어요. 그 사람을 보지 않기 위해 상담사의 눈만 바라봤는데 그게 좋은 평가를 받았죠. 사람의 시선을 피하지 않는다는 점이. 저는 옆에 서 있던, 부른 적 없는 그 사람을 보지 않으려고 했던 건데 말이에요. 그 이후로 이성적 판단이라고 하는 것은 믿지 않아요. 옳은 판단은 없어요. 그 판단이 맞다고 생각하고 노력할 뿐이죠. 당신의 판단도 그렇게 되겠죠. 수면 장애 없음. 약간의 우울증 증세가 있음. 폭력적인 성향은 없음. 이렇게 써놓으면 저는 그게 저인 줄 알고 그렇게 행동하겠죠. 하지만 그게 나쁘다거나 잘못됐다고 생각하지 않아요. 인간은 끊임없이 상황에 맞게 변하고, 타인에 의해

규정되며 그렇게 타자에게 자신을 빼앗기니까. 그래서 타인의 평가에 그토록 예민하게 되죠. 그게 곧 자신이 될 테니까.

그런 의미로 이곳은 지구상에서 유일하게 타인의 평가를 받지 않고 내가 나로 존재할 수 있는 곳일지도 몰라요. 정해진 작전은 있겠지만 모든 순간 나를 지키는 건 결국 내 판단뿐이죠. 이 상담실 컨테이너에 들어오기 전까지는 말이에요.

29-01-19

어둠 속에서도 전구 하나 켜지 않아요. 빛은 신호니까. 컨테이너 문을 두드리는 소리만으로도 단숨에 잠에서 깨죠. 그 소리가 들리면 꿈은 한순간에 열쇠 구멍으로 빨려 들어가요. 종이가 구겨지듯이. 나와 조금 전까지 이야기하고 있던 사람들이 비틀어지고 구겨져 그 작은 구멍으로 빨려 들어가는 것을 가만 보고 있으면 어느새 시야가 캄캄해지고 저는 잠과 꿈의 경계 없이 깨어나 있죠. 보초가 저희를 깨우는 시간은 새벽 6시예요. 원래는 아침에 샤워하는 걸 즐기는데 이곳에서는 그러지 못해요. 병에 담겨 있는 물을 수건에 적셔 얼굴을 대충 닦는데 피부는 예전보다 좋아졌어요. 더 나빠진 병사들도 있는데, 이 생활이 제 몸에 맞는 거죠. 잠을 푹 자서 그런 걸 수도 있고요. 어쨌거나 잘 적응하고 있다는 뜻이겠죠.

새벽에 눈을 떴을 때 린이 푸석한 몰골로 침대에 앉아 있었어요. 이 부대로 미사일이 떨어졌고, 자신은 분명 그 진동을 느꼈다는 거예요. 린이 그랬던 건 어제가 처음이 아니었어요. 린은 자주 잠들지 못하고 침대에 앉아 있죠. 지난번에는 우리 컨테이너로 그것이 찾아왔다고 했어요. 문을 열고, 자는 우리를 한 명씩 훑어봤다고요. 자신이 깨어 있는 걸 들키지 않기 위해 숨도 쉬지 않았다고 말하며, 린은 몸을 떨었어요. 그 떨림은 가짜가 아니었어요. 적어도 린의 세상에서 그 일은 실제로 일어난 것이었죠. 증세가 심각해지면 린은 이곳에 더 있지 못할 거예요. 자신의 동료들을 보고 그것들이라며 총을 난사하는 일은 일어나서는 안 되니까요. 그건 너무 끔찍하잖아요.

이상 증세를 겪고 있는 병사들은 많아요. 유진은 몸에 벌레가 기어 다니는 듯한 감각을 느낀대요. 환촉이죠. 분명 환촉이라는 걸 알면서도 모르는 체하거나 무시할 수 없다고 말해요. 엄지만한 갑각류가 다리를 기어오르는 감각을 누가 무시할 수 있겠어요? 전장에 나가 있을 때만, 그 증상이 나타나지 않는다고 했어요. 지뢰를 밟아 다리 한쪽을 절단한 성현도 환지통을 겪고 있지만 전장에서만큼은 아프지 않다고 했죠. 성현은 결국 점점 심해지는 환지통 때문에 집으로 돌아갔어요. 그렇지만 그 애는 끝까지 이곳에 남으려 했죠. 돌아가면 더 아플 거라는 걸, 한시도 쉬지 않고 고통을 느끼게 될 거라는 걸 알고 있었던 그 애는 차라리 전장에서 죽기를 원했죠. 왜 그런다고 생각해요? 존재조차 알 수 없는 것들과 싸우다 보니 우리의 판단력도 자꾸만 흐트러지는 걸까요? 가끔은 그것들이 부리는 술수처럼 느껴져요. 우리를 죽이기 위해, 우리를 무모하게 만들기 위해, 우리가 느끼지 못하는 어떤 자극을 계속 주고 있는 거죠. 이렇게 생각하는 게 더 편했어요. 우리의 문제가 고름처럼 터진 게 아니기만을 바랐죠. 누구나 이전처럼 판단을 내릴 수 없는 시대잖아요, 이미.

성현이 아직도 고통에 시달리고 있는지 문득 궁금해질 때가 있어요. 하지만 연락한 적은 없어요. 글쎄요. 살아서 나간다면 그때 만나서 물어도 되지 않겠어요? 그럴 수 있다면요.

29-01-22

지휘통제실에 갔을 때 벤이 있었어요. 벤은 수색을 나간 지 열흘 만에 돌아왔어요. 죽었을 거라 말했죠. 제가요. 끝까지 희망을 잃지 않는 병사들에게, 벤은 이미 죽었으니 그만 생각하고 할 일이나 하라고 말했어요. 말만 그렇게 한 게 아니냐고요? 아뇨. 아니에요. 저는 정말 벤이 죽었다고 생각했어요. 어떻게 살아남을 수 있겠어요? 사방에 그것들이 깔렸다고요. 슬프지는 않았어요. 죽음에는 익숙해졌으니까요. 그렇지만 살아 있는 벤을 보자마자 나도 모르게 눈물이 터졌어요. 그러니까 살아 있다는 것에는 익숙하지 않았던 거예요. 끈질기게 살아남음, 되돌아옴, 살아 있음에…. 그 낯선 감정은 전신을 휘감았어요. 벤을 안고 있던 팔에 힘이 들어간 것도 모를 만큼요. 벤이 아프다고 말한 다음에야 알았죠. 그게 기쁨이었을까요? 정말 기쁨이었다면 왜 저는 그 순간 기쁨을 느끼지 못했을까요. 저는 그때 서럽고 화가 났어요. 살아 있는 벤을 죽었다고 말한 나 자신에게, 그렇게 말할 수밖에 없던 이 세상에.

벤이 지휘했던 수색대는 해안가를 따라 움직이다가 도나나 국립공원에서 고립되었어요. 수색대는 가시거리가 30센티미터도 되지 않는 안개에 갇혔죠. 전체면적 543제곱킬로미터 정도의 공원 안에서 열흘을 떠돈 셈이죠. 무엇이 나타날지 모른다는 두려움과 함께, 앞으로 나아가고 있다는 감각도 완전히 잃은 채로, 수색대는 스무 명 전원이 살아 돌아왔지만 다들 몹시 지쳐 있었어요. 전투식량을 열흘 넘게 쪼개 먹으며 끊임없이 구조 요청 신호를 보냈다고 하지만 우리에게 온 요청은 한 건도 없었죠. 어쨌거나 중요한 건 돌아왔다는 거죠. 벤은 제게 두 번째 기적을 보여줬어요.

8년 전 레바논에서도 벤은 죽을 고비를 넘겼어요. 미국 정권이 민주당으로 넘어오면서 레바논과 이스라엘의 분쟁이 한풀 꺾일 거라 예상했지만 그 반대였어요. 공화당에서 민주당으로 정권이 바뀌던 그해, 전 세계는 바이러스로 무너지고 있었죠. 아시아는, 특히나 한국은 몇몇 종교 집회를 제외하고 이렇다 할 시위도 없었기에, 집단 감염의 규모도 커봤자 하루 1000명을 웃도는 수준이었죠. 미국과 유럽, 중동 등 대부분의 나라는 사정이 달랐어요. 하루에 많게는 몇만 명씩 감염이 확인되었고, 방역에 반대하는 시위의 규모도 커서 나라 전체가 마비되는 것을 실시간으로 봤던 기억이 나요, 아수라장이었죠. 그때는 바이러스가 아닌 사람이 사람을 죽일 것만 같은 공포가 이 세계에 만연했어요. 그로부터 완벽한 백신이 나오기까지 꽤 많은 시간이 걸렸어요. 그사이 경제 성장률은 바닥을 찍었고 많은 이의 삶이 붕괴됐어요. 그게 원인이었죠. 흐트러진 민심을 세우고, 경제를 발전시키기 위해 계속 반복해온 인류의 실수를 또다시 되풀이한 것뿐이에요. 바로 전쟁 말이에요. 전쟁으로 많은 이가 죽었지만 동시에 전쟁 특수로 인해 살아난 경제가 많은 이를 웃게 했어요. 질병과 재해, 재난, 전쟁. 이런 것들이 가진 양면성이 가장 잘 드러났던 때였죠. 바이러스로 전쟁이 멈춘 덕분에 찾아온 듯했던 중동의 평화는, 백신의 등장과 함께 사라졌죠.

저는 한국군 707 특전사 소속으로 임무 수행을 위해 레바논에 있었고, 벤은 미국 특공부대 레인저 소속으로 수색대를 자원해 레바논에 왔어요. 한국군 부대와 미군 부대는 붙어 있었죠. 그래서 친해졌어요. 새벽에 잠이 오지 않아 컨테이너 밖으로 나갔는데, 마침 벤도 잠이 오지 않았나 봐요. 벤은 18년도 평창올림픽 때문에 한국에 방문한 적이 있다고 먼저 말을 걸었어요. 스키 국가대표였는데 좋은 성적을 내지는 못했대요, 한국에서 파는 호두과자랑 땅콩과자 냄새가 좋아 몇 봉지씩 사 먹었다는 농담을 했었죠. 대화가 즐거웠고 마음이 잘 맞았어요. 한국에서도 찾지 못했던 인연을 중동에서 찾은 거죠.

이스라엘군은 한국군에게 너그러운 면이 없지 않아 있어요. 아니, 다르게 말하면 그들에게 미군이 악마 같은 존재였죠. 그때도 지금처럼 수색할 때에는 차 세 대가 함께 움직였어요. 지금과 다른 점이 있다면 그때는 마지막 차량이 재머*였어요. 재머 탓에 GPS를 사용할 수 없었고 이곳의 위치도 알 수 없었어요. 그때는 오로지 지도뿐이었죠. 아무리 주의를 기울여도 사방이 사막인 곳에서는 길을 잃기 마련이에요. 한 번은 접경지대에 잘못 접근하는 바람에 뒤에 이스라엘군이 따라붙었죠. 우리는 하는 수 없이 차를 세웠어요. 상상이 가시나요? 분쟁 지역에서 적군에게 포위된 거예요. 총에 맞아도 전혀 이상하지 않은 상황이었어요.

---

* Jammer. 전파 방해 장치. 통신 또는 레이더 체계의 사용을 방해 · 제한 · 격하시키는 데 쓰이는 장치.

그런데 이스라엘군은 우리가 한국군인 것을 확인한 후, 이곳에 오지 말라는 경고만 주고 우리를 돌려보냈어요. 천운이었죠. 정말 다행이었어요. 그것은 그저 이스라엘군이 한국에 대한 이렇다 할 악감정이 없기 때문에 가능한 일이었어요. 하지만 미군은 달라요. 벤이 탑승했던 수색대는 보름 가까이 실종 상태였어요. 그때는 이렇게 생각했죠. 벤의 머리만 돌아오더라도 놀라지 말자. 꼭 끌어안아주자. 눈을 뜨고 있다면, 그 눈을 감겨주자. 그런데 벤은 살아서 돌아왔죠. 비록 제가 기억하는 건강했던 벤의 모습이 아닌, 뼈에 가죽만 붙어 있는 몰골이었지만 말이에요.

그런 일을 두 차례나 겪었으니 저는 벤에게 앞으로 어떤 재앙이 와도 너는 피해 갈 거라고 말했어요. 진심으로 그러기를 바라기도 했고요. 그때 벤은 이상한 말을 하더라고요. 그 안개 속에 있었을 때, 자신은 괴롭지 않았다고. 열흘 동안, 잠깐씩 눈을 감을 때마다 좋은 꿈을 꿨다고 했죠. 보고 싶은 사람을 그토록 하염없이 바라본 게 몇 년 만인지 가늠도 되지 않는다고 말하더군요. 그래서 힘들지 않았다고 했어요. 배는 고팠어도. 참 이상하지 않나요? 저도 악몽을 꾸지 않는데 말이에요. 어쩌면 여기가 정말 우리에게 맞는 곳인 것 같아요. 가엽게도.

29-01-24

국제연합이 야간 활동을 금지했어요. 그러자 야간 활동의 권리를 주장하는 시위대의 긴 행렬이 광화문 일대를 가득 채웠어요. 행렬은 광화문 삼거리를 시작으로 광장, 시청역, 서울역 일대까지 이어졌죠. 숭례문 오거리는 차가 아닌 사람으로 가득했어요. 그런 모습은 2019년 검찰 개혁 집회 이후로 처음이었어요. 추산으로 100만 명 정도가 모였다는 이야기를 들었죠. 저는 그때 제주 공항에 있었어요. 임무를 위해 비행기를 타야 했는데 야간 활동 금지로 비행기도 뜰 수 없게 된 탓에 공항에 발이 묶였죠. 다른 부대원들은 이미 현장에 있었고 저만 출발이 늦었어요. 하필 장례를 치르느라 혼자 본가인 제주도에 있었거든요. 일단 비행기를 타고 부대까지 간다고 연락을 해놨는데 비행기가 결항한 거예요.

공항은 그야말로 아수라장이었어요. 모두가 가족에게 돌아갈 준비를, 가족을 맞이할 준비를 하고 있었는데 예고도 없이 결항이 됐으니 그럴 만도 해요. 아이가 울고, 사람들의 목소리는 점점 커지고, 전화벨 소리가 동시다발적으로 울려대기 시작했어요. 제 휴대전화만 조용했을 거예요. 아무도 나를 찾지 않는다는 것을 그때만큼 사무치게 느꼈던 적이 없었어요. 아마 벤이 미국에 있었다면 저에게 전화했겠지만 벤은 이미 제가 가야 할 북대서양 인근에서 저를 기다리고 있었죠. 저는 그 혼잡한 공항에서 커다란 모니터를 통해 시위를 보고 있었어요. 평화 시위였죠. 모두가 밤을 밝히는 촛불을 들고 있는. 인류 역사상 전무후무한 비상사태에도 사람들이 차분히 자신의 일상을 지키려고 하는 모습이 이상하기도 하고 부럽기도 하더라고요. 나한테 지키고 싶은 게 존재하기는 했던가.

빛이 없으면 생각보다 큰 문제들이 일어나요. 그날만 해도 1시간 만에 각종 사고가 급증했어요. 한국뿐만이 아니었어요. 모니터는 서울과 런던, 뉴욕, 파리, 북경, 도쿄, 뉴델리, 오타와, 베를린의 모습을 번갈아 비추며 국제연합의 일방적 억압과 통보에 반발하는 사람들의 모습을 보여줬죠.

그 혼잡한 공항에서 저를 찾은 건 박 원사였어요. 그는 군용 헬기를 타고 이곳에 왔어요. 자신과 함께 가야 한다고 저를 이끌었죠. 그때부터 상황은 추락하는 비행기처럼 다급하게 돌아가기 시작했어요. *그것들이 우리 눈에 나타난 지 10시간이 지났을 때, 우리는 그것들이 빛에 반응한다는 기본적인 정보 외에는 아무것도 알아낸 것이 없는데*, 공격이 시작된 거죠. 정신없는 사람들 틈에서 바쁘게 공항을 빠져나가던 와중, 공항이 일순간 조용해졌어요. 갑자기 들리는 커다란 굉음보다 한순간에 찾아온 침묵이 더 소름 끼친다는 걸 아시나요? 나중에 겪어보면 무슨 말인지 알 거예요. 폭음은 두려움을 느끼게 하지만, 침묵은 절망을 가져오죠.

사람들은 모니터 앞에서 마네킹처럼 서 있었어요. 야간 활동 금지 이후, 급하게 회항해 돌아가던 비행기가 추락하는 모습을 멍하니 바라보고 있었던 거죠. 광화문에 모였던 빛들이 꺼지기 시작하더니 암흑 속에서 외치는 비명만 울렸어요. 때마침 공항의 불도 꺼졌고, 그렇게 세상은 암흑이 됐어요. 빛 한 줄기 보이지 않는 세상에는, 지옥에 떨어진 것 같은 괴성만 가득했죠.

군용 헬기를 타고 포르투갈로 향할 때 빛 하나 없는 지구를 봤어요. 지구가 아닌 것 같았어요. 아주 오래전 인류가 살다가 떠난, 버려진 행성 같았죠. 인간들이 전부 죽었을지도 모른다는 상상을 수없이 하며, 저는 전쟁의 중심지로 왔어요. 이곳으로 오며 박 원사에게 물었어요. 뭔가를 알아냈나요? 아니. 그들은 누구인가요? 몰라. 목적이 무엇인가요? 몰라. 어디에서 왔나요? 몰라. 우리는 왜 공격하나요? 몰라.

몰라.

몰라.

마지막으로 정말 묻고 싶은 말이 있었는데 그의 표정이 어두워져서 묻지 못했어요. 지금도요. 물을 수 없었죠. 누구에게도요. 이미 싸움은 시작되었고, 많은 이가 괴로워하고 있으니까요.

그냥 저는 그게 궁금했어요. 그들이 정말 싸움을 원하던가요?
우리가 먼저 공격한 건 아니죠?

29-01-26

핀란드 대원들이었어요. *그것*을 처음으로 생포해 데리고 온
건. 5차 격돌 때였어요. 1500명의 핀란드 군이 이곳으로 파병을
왔지만 5차 격돌 때는 700여 명밖에 남지 않았어요. 핀란드는
피해가 큰 나라 중 한 곳이었어요. 페카는 유일하게 말을 섞었던
핀란드 대원이에요. 감시탑에서 보초를 서던 날, 우리는 이야기
를 나눴어요. 보초는 제 일이 아니지만 그날 감시탑 보초를 서기
로 했던 한국군 병사가 지독한 감기에 걸렸거든요. 사경을 헤매
는 것을 보다가 제가 올라가겠다고 했어요. 잠이 오지 않기도 했
고, 빛이 사라진 지구에서 별을 하염없이 보고 싶기도 했으니까
요. 페카를 만나기 전까지 핀란드군과는 일절 접촉이 없었어요.
놀자고 모인 것이 아니니 당연하겠지만 핀란드군은 그중에서도
유독 말수가 적고 무뚝뚝했죠. 표정 없이 앞만 바라보고 있는 그
들에게 말을 걸기가 쉽지도 않았고요. 페카도 그랬어요. 감시탑
에서 아무 말도 없이 앞만 보고 있었죠. 감시탑 역시 빛을 내뿜
을 수 없는 건 마찬가지였어요. 적외선 카메라를 통해 사물을 파
악하는 정도였죠. 하지만 여기는 전장이고, 우리가 싸우는 상대

가 지구 바깥에서 온 존재들이라는 사실만으로도 둘에게는 어떤 연대 의식 같은 게 있었죠. 페카도 그랬을 거예요. 적어도 내 옆에 앉은 게 인간이기는 하니까.

 말이요? 당연히 안 통했죠. 핀란드어와 한국어는 서로에게 제3세계 언어였으니까요. 페카도, 저도 어느 정도 영어를 할 줄 알았지만 우리는 굳이 영어로 대화하지 않았어요. 핀란드인과 한국인이 만나 영어로 대화하려고 하니 좀 짜증이 났죠. 음성 번역기를 썼어요. 페카가 내뱉는 핀란드어를 듣는 게 좋았어요. 이유는 모르겠지만 듣고 있으면 마음이 편했죠. 핀란드는 북유럽 중에서도 극지라서 겨울에는 해가 뜨지 않는 날도 있다고 했어요. 그래서 야간 활동 금지 사태 때도 핀란드만큼은 폭동이 심하지 않다고 했죠. 낮이 오지 않는 것과 빛이 없는 것은 다른 것 아니냐고 물었지만 페카는 그것이 밤에 대한 두려움의 차이라고 말했죠. 빛이 없는 밤을 얼마만큼 견딜 수 있느냐. 핀란드인들은 아주 오래전부터 해가 뜨지 않는 낮을 겪었기 때문에 밤이 무섭지 않다고 했죠. 조상 대대로 밤을 두려워하지 않는 유전자가 내려온다고요. 그래서 핀란드군이 있는 한 이 전쟁에서 지는 일은 없을 거라고요. 비록 핀란드군은 병사를 많이 잃었지만 페카의 말이 맞았어요. 핀란드군 덕분에 인간은 최초로 자신들과 싸우는 존재를 마주 볼 수 있게 됐죠. 그들은 빛 하나 통과하지 않는 그 안개를 두려워하지 않았으니까요.

그것을 실제로 본 인간은 극소수죠. 다들 영상과 사진으로 본 게 전부예요. 인간과 똑같은 체형, 스테인리스같이 차가워 보이는 피부, 열 개의 손가락과 발가락, 귀, 코. 입, 유두, 피부의 점. 그 모든 게 그것에게도 있었어요. 하지만 다 똑같지는 않았죠. 눈꺼풀 없이 커다랗고 까만 눈. 그게 인상적이었어요. 얼굴의 절반을 차지하던 눈. 우리가 상상했던 외계인의 모습과 유사하다는 게 이상했어요. 마치 누군가가 목격한 적 있는 외계인을 그대로 데려다놓은 느낌이었어요. 그러다 보니 궁금해지더라고요. 인류는 이 행성 밖의 존재를 단 한 번도 만난 적 없을 텐데, 어떻게 이런 존재를 상상하게 된 걸까.

제가 싸웠던 지역은 포르투갈 라고스 해변이었어요. 방어선이었고요. 변수가 많은 지형이었죠. 절벽과 암석, 동굴이 많은 해변이니까요. 그것들과 세 번째 전투를 치르고 있을 때 그런 기분이 들었어요. 그것들과의 전투가 낯설지 않은 기분. 그들에게서 느꼈던 두려움은 지구에서 느낄 수 있는 두려움의 크기였어요. 분명 처음 보는 낯선 존재인데 어딘가 익숙한. 왜 그 기분을 느꼈는지는 머지않아 알았어요. 박 원사를 따라 지휘통제실로 작전 회의를 갔을 때 알았어요. 시간이 흐를수록 그것들이 지구의 지형을 이용하고 있다는 것을. 동굴, 암석, 절벽, 산, 폭포. 박 원사는 *그것*들이 머리가 좋은 녀석들이라고 말했지만 제 생각은 달랐어요. 아무리 머리가 좋다고 한들 처음 와본 행성의 지형을 그렇게 자연스럽게 이용할 수 있을까. 무언가 이상했어요. *그것*들은 언젠가 지구를 한 번쯤 와본 게 아닐까요? *그것*의 모습을 사진으로 봤을 때 이 생각은 더 확고해졌죠. 근거는 없지만. *그것*들은 정말 지구가 처음일까요? 왜 이곳에서 내가 낯설어지고 있는 걸까요.

그로부터 며칠 후 페카는 저와 또다시 음성 번역기로 새벽 내내 수다를 떨었고 그날 오후에 시체가 되어 돌아왔어요. 운이 좋은 편이죠. 이 전장에서는 시체 회수율이 30퍼센트도 되지 않아요. 육체가 남지 않고 사라지니까요. 어떤 시체가 남고, 어떤 시체는 사라지는지 그 기준은 아직 밝히지 못했어요. 그러니 얼마나 행운이에요? 살아 있었음을 증명하는 시체가 남아 있다는 것이. 죽음으로 살아 있었다는 것을 확인할 수 있다는 것이. 벤은 그러지 못했으니까.

페카에게 핀란드 농담을 하나 들었어요. 영하 300도에서는 지옥마저 얼어붙지만 추위에 강한 핀란드인들은 유로비전 송 콘테스트에서 우승이나 하고 있다고요. 핀란드인들은 대개 지옥이 불지옥일 것이라 상상하지만, 그때 이 말을 해주려다가 못했어요. 기상 시간이어서 집합해야 했거든요. 한국 종교에는 10대 지옥이 있는데, 그 지옥 중에는 얼음 절벽이 있다고. 너는 죽으면 그곳에 가면 되겠다고. 저도 그저 농담이었어요.

29-01-26

한국군 식재료가 오지 못해서 태국군 식사를 얻어먹었어요. 독일군이나 영국군 식사가 아니라 다행이었죠.

29-02-02

그 안개는 서울을 떠오르게 했어요. 고등학교를 졸업한 후에 홀로 서울에 왔죠. 2년 동안 연고도 없이 그곳에서 지냈어요. 힘들지는 않았죠. 저와 마찬가지로 서울 사람의 반은 이곳에 연고가 없으니까요. 뿌연 하늘, 매캐한 냄새, 입과 코를 가린 마스크. 안타깝게도 서울을 휘감은 건 안개가 아닌 미세먼지였어요. 1급 발암물질이요. 사람들은 코와 입을 가린 채 그 발암물질로부터 조금이라도 피하려는 것처럼 몸을 잔뜩 웅크리고 다녔어요. 저도 그랬어요. 서울과 인천, 경기도는 사시사철 최악의 발암물질과 함께했지만 사람들은 그곳을 떠나지 않았어요. 어디를 가든 숨쉬기 버거웠던 건 마찬가지였으니까. 어떤 의미로든요.

먼지 구덩이 속을 걸어 다니는 기분이었죠. 서울 거리를 걷는 것뿐인데, 머리카락과 옷에서 흙먼지 냄새가 났어요. 매일 망원

동의 카페로 출근했어요. 도착하자마자 가장 먼저 하는 일은 공기청정기를 트는 것이었어요. 1시간쯤 돌려야 빨간불이 초록빛으로 바뀌고, 그제야 마스크를 벗었어요. 별 소용 없는 짓이라는 것도 알았고 삶의 의욕이 강한 것도 아니었지만 몸속 깊은 곳에 발암물질이 낀 상태로 죽고 싶지는 않았어요. 그렇게 병들기도 싫었고요. 기침 소리는 그 사람을 생각나게 하거든요. 길거리를 걷다가도, 카페에서 일하다가도, 지하철에 타고 있다가도, 기침 소리가 들리면 저절로 긴장이 돼요. 그 사람이 아닐 거라는 걸 알면서도. 거인의 손이 저를 덥석 잡는 기분이 들어요. 그래서 저는 미세먼지가 싫었어요. 모두가 기침을 달고 사니까요.

집에서 카페까지 걸어서 10분 정도 걸렸어요. 다가구주택단지였어요. 낮은 집들과 예쁜 가게들이 곳곳에 있는 조용한 동네였죠. 우연히 먼지가 없는 날 그곳에 갔다가 하늘이 예뻐서 반했어요. 물론 잠깐이었지만. 아무리 서울이라도 복잡한 곳에 살고 싶지는 않았어요. 제가 살았던 주택의 지하는 철문이 달린 가게였어요. 나중에 알았죠. 외관만 봤을 때는 전혀 가게라는 생각이 들지 않았고, 간판도 없었으니까요. 어떤 곳인지 궁금했지만 굳이 알고 싶지는 않았어요. 예나 지금이나 호기심이 별로 없는 편이거든요. 그러다 이사를 온 뒤 첫 여름을 맞이했을 때, 반소매 셔츠를 입은 여자가 팔뚝에 투명 랩을 감은 채로 지하에서 나왔어요. 장미를 몸에 감은 뱀이 새겨져 있었죠. 지하는 타투샵이었어요. 겉은 초라해도 안은 아늑하게 꾸며진 곳이었어요. 저도 그곳에서 했어요. 무엇을 새기고 싶냐길래 흉터를 가릴 수 있으면 뭐든 좋다고 말했죠. 좋아하는 거 아무거나 다 말해보라고 했는데 생각나는 게 없었어요. 음식이든, 동물이든, 사물이든, 사람이든, 다 좋다고 했는데도요. 그때야 알았어요. 다른 이들은 자신이 좋아하는 것이 무엇인지 알고 살아간다는 걸. 좋아하는 거…. 그건 자신을 행복하게 만드는 거라는데 그렇게 말해주니 언뜻 생각났던 것들마저 다 사라졌어요. 이거는 나무예요. 희한하죠? 뿌리가 하늘로 자라는 나무예요. 이상하게 이 나무가 계속 꿈에 나와요. 어디선가 본 적 있는 것처럼 말이에요.

23발이 든 탄창 다섯 개를 짊어지고 나가요. 전투복과 방탄조끼, 방탄모, 전투화. 전장에서 저를 지켜주는 장비의 전부죠. 앞이 보이지 않는 길을 걸어요. 걷다가 제 앞에 *그것*이 있을지 절벽이 있을지 전혀 알 수 없죠. *그것*들이 폭발물을 설치하지 않는다는 게 우리에게 가장 큰 위안이었죠. 그것만이 위안이었어요. *그것*들은 총과 비슷한 무기를 가지고 있어요. 총구가 기다랗죠. 하지만 총알을 쏘지 않아요. 총구에서 나오는 건 점성 높은 액체죠. 총알과 같은 위력을 가지고 있어요. 외부에서 충전하는 방식은 아닌 듯했어요, 소리를 들었거든요. 물이 끓으며 진동하는 듯한.

A22번 도로를 따라 동쪽으로. 라구스에서 포르티망으로 도로를 따라 수색을 나갔을 때 *그것*과 만났죠. 다행히 우리가 먼저 발견했고 몸을 숨겼어요. 상대가 어떤 존재이든 전면전은 피하는 게 좋아요. 모두에게 치명상을 안길 테니까. 선착장에 세워진 요트 뒤에 숨어 *그것*들의 동태를 살폈어요, 한 발자국만 다가오면 닿을 듯이 가까워졌을 때, *그것*이 들고 있던 무기에서 소리가 났어요. 마치 타투 기계와 비슷한 소음이었어요. 분명 대치 중인 긴박한 상황이었는데 한순간 저는 랩이 감긴 베드에 누운 것처럼 편안했어요. 타투를 받을 땐 아프지 않았거든요.

*그것*들의 무기는 우리에게 아무 정보도 주지 못했어요. 생포했던 것에게는 무기가 없었고, 따로 구한 무기는 우리 손에서 작동되지 않았죠. 생포한 것의 손을 이용하기도 했지만 마찬가지로 반응이 없었어요. 살아 있는 *그것*의 생체 정보로만 작동하는 거라고 추측하고 있어요. 연구 중인데 곧 결과가 나오겠죠. 그렇다고 그 결과가 이 전쟁을 승리로 이끌 열쇠는 되지 않겠지만요. 그저 제가 궁금한 건 이것뿐이에요. 왜 어떤 사람은 그 총을 맞고 안개처럼 사라지고, 어떤 사람은 육신이 남느냐는 거예요. 사라진 사람과 남은 사람에게는 도대체 어떤 차이가 있었을까요. 왜 벤은, 제 눈앞에서 흩어졌을까요.

*그것*은 어떻게 됐는지 몰라요. 하지만 소문으로는 다음 날 안개처럼 사라졌다는 말을 들었어요. 눈앞에서요. 누구는 그랬어요. 흩어지기 전에 자살했다고요. 총을 빼앗아 스스로 머리를 쐈다고.

29-02-07

운 좋게 전쟁이 끝날 때까지 살아남는다면 일상으로 돌아가겠죠. 이제는 전장으로 나가지 않을 거예요. 그러기로 약속했으니까요. 나아질 것 같냐고요? 아뇨. 아니요. 그럴 것 같지는 않아요. 그렇지만 어쩌겠어요? 나아지지 않는다고 해서 별다른 수가 있나요.

29-02-09

반경을 좁히는 데 성공했다는 말은 곧 이곳 병사들에게 승리했다는 말과 비슷했어요. 구역을 잃지 않는 것이 무엇보다 중요했으니까요. 이제 차츰차츰 *그것*들을 벼랑 끝으로 몰면 돼요. 지구에서 튕겨 나가게끔. 안타까운 건 아직도 짙은 안개 탓에 *그것*들이 타고 왔을 비행체의 형태가 잡히지 않는다는 거예요. 어떤 레이더에도 걸리지 않아요. 비행체를 포획하고 공격하는 것이 이 전쟁의 판을 뒤집을 수 있는 핵심이었지만 작전이 바뀌었어요. 숫자로 밀어붙이는 것만이 답이에요. 많은 동지를 잃더라도, 돌아갈 수만 있다면.

모두가 돌아갈 수 있다는 꿈을 꾸기 시작했어요. 가족에게로, 연인에게로, 이전 시대로. 우리가 영위했던 평범한 일상으로요. 저도 그런 일상을 상상하긴 했어요. 전쟁이 끝나면 벤을 따라 미국에 가려고 했죠. 벤이 먼저 제안했어요. 제가 거기서 뭘 해 먹고사냐고 했더니 벤은 그때 가서 생각하자고 그러더군요. 벤의 말이 옳았어요. 그날 빛을 잃고 별을 얻은 지구의 밤하늘을 바라보며, 제가 맞이할 평범한 일상을 세세하게 그렸더라면 더 큰 절망과 슬픔이 몰려왔겠죠.

병사 임시 묘지에 벤의 비석도 생겼어요. 비석은 낯설지 않아요. 레바논에 있을 때도 부대에 임시 묘지가 있었거든요. 레바논에서는 벤과 나란히 앉아 죽은 전우를 위해 기도했어요. 그리고 우리도 언젠가는 반드시 죽는다는 것을, 이곳이 아니더라도 살아 있는 것은 반드시 육신을 두고 이 삶을 떠나간다는 것을 곱씹었죠. 하지만 벤은 달랐어요.

비석 머리를 쓰다듬으면 꼭 벤의 머리를 쓰다듬는 기분이에요. 그 묘지에는 벤처럼 시체를 찾을 수 없는 전우들이 더 있어요. 자주 가지는 않아요. 그곳에는 벤이 없으니까. 죽음보다 더한 죽음이 있을 거라고는 아무도 생각하지 않았어요. 죽음은 단일한 것. 죽음으로 가는 길이 수백만 갈래라고 하더라도 죽음은 단 하나의 점. 그 점은 갈라지지 않을 거라 믿었죠. 하지만 틀렸어요. 우주는 아직 인간이 겪지 못한 죽음을 끌고 왔죠. '완벽한 소멸'이라는 형태로요. 머리카락 한 가닥조차 남기지 않고.

벤은 자신의 몸이 사라지는 것을 보고 있었어요. 믿을 수 없다는 눈으로요. 벤의 몸에서 떨어진 핏방울은 땅에 닿기 전에 안개처럼 사라졌죠. 발과 손, 머리카락, 끝에서부터 천천히, 뿌옇게, 한 점 없이 사라지는 자신의 몸을 바라보다가, 벤은 막을 수 없다는 걸 본능으로 알았는지 고개를 들어 저를 봤어요. 그것의 총을 맞은 다른 병사는 땅에 머리를 박고 죽었는데, 왜 벤은 사라졌을까요. 벤의 얼굴에는 고통이 없었어요. 그저 사라지는 자신을 믿지 못하겠다는 표정뿐이었죠.

저는 아무것도 못 했어요. 달려가 벤을 안아주지도 못했죠. 정신을 차렸을 때는 안개뿐이었어요. 요즘 꿈에 그 안개가 나와요. 저는 안개를 끌어안죠. 그리고 말을 걸어요. 어디야. 어디야….

저는 삶과 죽음의 경계를 나누지 않아요. 그 사람, 그러니까 제게 보이는 그 사람은 이미 오래전에 죽었지만 제 앞에 계속 나타나니까요. 제 눈앞에서 흔적도 없이 사라진 벤과는 달리 말이에요. 그때 형사들이 말하는 걸 엿들었어요. 목을 매달아 자살했다고 했던가, 칼로 손목을 그었다고 했던가. 아무튼. 그런데

그 사람은 죽지 않았어요. 제 기억에, 제 몸에, 제 삶에, 제 숨에
본인의 삶을 조금씩 떼어놓았죠. 제가 죽지 않는 이상 그 사람도
죽지 않아요. 괴롭지는 않아요. 그 사람이 있다고 해서 제가 제
삶을 살지 못하는 건 아니니까.

29-02-12

우리는 나중에 *그것*을 무엇이라 부를까요. 그리고 *그것*들은
왜 우리를 찾아왔을까요. 누구 한 명쯤은 물어볼 수 있지 않았을
까요. 벤이 어느 날 제게 그런 이야기를 하더군요.

"어쩌면 *그들*은 우리와 소통할 수 있을지도 몰라. 안개 속에
서 헤맬 때 무언가가 우리에게 이 안개를 나갈 수 있는 길을 알
려줬거든. 다른 병사들은 알아차리지 못했지만 나는 들었어. *딱,*
딱. 소리를 내며 유인하는 것을. *그것*들 모두가 우리에게 호의적
이라는 건 아니야. 다만 모두가 적대적이지는 않을 수도 있다는
말이지. 우리처럼."

우리처럼….

AD 2028-10-28~2029-02-13
109일간 우주 생명체와의 전쟁 종료

'다른 작전을 쓰는 것은 아닐까요?'

'다른 곳으로 옮겨간 것일 수도 있습니다.'

'최후의 공격을 준비하는 걸 거예요.'

'북대서양을 기점으로 수색 반경을 넓혀 갈 겁니다. 걱정하지 마십시오. 그들이 지구를 떠난 것은 확실합니다.'

'2032년까지 위성 다섯 대를 더 띄우겠으며…'

'조금씩 우리의 일상이 돌아오고 있습니다.'

'87일 동안 발견된 외계 생명체는 없습니다.'

.

.

.

'지구에는 다시 우리뿐입니다.'

2

마지막으로 트럭에 짐을 실으며 린은 마치 아이를 두고 떠나는 양육자 같은 얼굴로 이인을 바라봤다. 이인은 린의 마음을, 머뭇거림과 미안함과 불편함이 뒤섞인 그 마음을 빤히 읽었음에도 괜찮다거나 신경 쓰지 말라는 상투적인 말을 내뱉지 않았다. 다만 얼른 출발하라는 듯 손바닥으로 트럭을 내리쳤을 뿐이다. 한국군을 수송하는 마지막 트럭이었다. 트럭은 파루 공항으로 곧장 이동할 테고, 한국군은 그곳에서 전용기를 타고 한국으로 돌아가리라. 이번이 두 번째인 귀환에서 탑승하지 않은 한국군은 이인뿐이었다. 트럭이 컨테이너 사이를 달리며 부대를 빠져나갔다. 이인은 노을 쪽으로 향하는 트럭을 바라보다, 일찍 몸을 돌렸다. 그렇게 해야 린도 편하게 돌아설 수 있을 터였다.

이곳에 파병된 각국의 병사들이 한 달여 동안 차례차례 본국으로 돌아갔다. 언제나 사람들로 바글거렸던 공용 샤워실도 물이 마른 지 오래였다. 다 챙겨가지 못한 통조림과 잼들이 남은 사람들을 위해 부대 한가운데에 차곡차곡 쌓여 있었다. 종전과 승리로 인한 해산이었지만 이곳은 마치 외계 생명체에게 전멸당한 뒤 인간의 흔적만 간신히 남은 유적지 같았다. 이인은 참치 통조림 한 캔을 챙겨 컨테이너로 향했다. 6명이 함께 썼던 컨테이너는 이인의 독방이 되었다. 열려 있는 린의 관물대를 닫고 침대에 걸터앉았다. 탁상 위에 놓인 시계의 초침 소리만이 컨테이너 안을 가득 채웠다. 초침 소리가 이토록 크게 들린다는 걸 어제까지는 알지 못했다. 컨테이너에서는 항상 다급하게 대화를 몰아서 하고, 잠자리에 들었다가 동이 트기 전에 나갔다. 이곳은 잠깐 머무는 곳 이상이었던 적이 없었다. 컨테이너는 이인이 지금까지 느껴왔던 것보다 더 좁고 추웠다. 단열재가 붙지 않은 외벽은 찬 기운을 묻힌 채 실시간으로 간격을 좁혀 오고 있는 듯했다. 이인은 그 안에서 홀로 참치를 먹으며 끼니를 때운 후 중앙등을 끄고 제 침대에 누워 눈을 감았다.

이인은 형체가 불분명한 악몽을 꾼 뒤 눈을 떴다. 동이 트기 전이었고 입김이 터져 나왔다. 얇은 카키색 이불을 끌어 올렸지만 그렇게 해도 몸은 따뜻해지지 않으리라. 결국 세면도구와 옷을 챙겨 컨테이너를 나왔다. 한동안 꾸지 않았던 악몽을 다시 꾸기 시작한 것에 대해 생각했다. 세상은 계속해서 이인에게, 너는 절망 속에 있어야만 하는 운명이라고 일깨워주려는 것일까. 세상의 절망만이 이인의 사적인 악몽에서 해방될 수 있는 유일한 평온인 것처럼. 바깥엔 푸르스름한 기운이 맴돌았다. 사물과 하늘의 경계가 흐린 가운데, 이인의 걸음 소리만 울려 퍼졌다. 여유롭고 평온한 아침이었다. 그토록 바라던. 인류가 그토록 염원했던.

여기를 벗어난다고 해서, 이곳보다 더 나은 곳으로 갈 수 있을지 모르겠어요. 무엇을 바라보며 버텨야 할지. 그래서 가끔은 이편이 더 낫다는 생각도 해요. 이 생활 자체가 저에게 힘들지 않

으니까.

강아지나 고양이 키운 적 있으신가요?

네, 서울에 혼자 살았을 때 고양이를 키웠어요. 아마도 집을 잃었거나 누가 버린 고양이 같았어요. 창틀에 앉아 며칠씩 창문을 두드리는데, 버티다가 결국 집으로 들여보냈어요. 한 달 동안은 주인을 찾으려고 노력했지만 끝내 나타나지 않았어요. 나중에 보니 심장병이 있더라고요. 너무 늦어서 치료가 힘들다는 이야기를 들었어요. 그래서 버렸나 봐요. 그 애랑 1년 반 정도 살았어요.

그 애 이름이 뭐였어요?

나나요.

잘 어울리는데요. 흰색 털이었을 거 같아요.

검은 고양이었어요. 햇빛을 받으면 금처럼 빛나는.

이름을 붙이고, 사랑을 줄 수 있는 존재를 다시 곁에 두시는 걸 추천해요. 당신에게 좋은 영향을 줄 거예요. 사람을 두는 것보다도 훨씬 안정적이죠. 당신처럼 가족이 필요한 친구들도 많을 테고요.

나쁘지 않겠어요. 이 일이 끝나면요.

후발대로 남으신다고요?

일주일 정도요.

자원하셨다고 했는데 방금 말한 이유 때문인가요?

벤과 인사를 나누고 가려고요. 아시다시피 벤은 묘지에 없으니까. 벤과 헤어진 장소로 가야 하죠.

권총 안에 총알은 한 발밖에 들어 있지 않았다. 이인은 그제야 며칠 전 동료들과 사격 내기를 한 것을 떠올렸다. 남은 탄창이 어디 있는지를 떠올리다, 이인은 포기하고 가방에 권총을 넣었다. 쓸 일이 없을 거였다. 실제로 쓸 일이 없어 사격 내기나 하며 탄창을 버리지 않았던가.

군용 레토나 조수석에 가방, 그리고 담요와 생수 두 병을 놓고 문을 닫았다. 러시아군에게 수색을 보고하기 위해 찾아갔으나 빈 보드카 병이 줄지어 있는 것을 보고 이인은 말없이 걸음을 돌렸다. 어차피 그들도 이인을 찾지 않을 것이다. *그것들이 지구를 떠난 지 벌써 3개월이 지났다.* 모든 정리와 정비는 끝마친 상태였고, 이제 남은 일은 민간인이 접근하지 못하도록 막는 것과 수천 명의 군이 머물다 간 자리를 최대한 깨끗이 치우는 일뿐이었다. 중요한 일이었지만 전쟁에 비하면 아무것도 아니었다. 이인이 차를 끌고 부대를 빠져나갔다.

벤은 이인에게 포르투갈에 와본 적이 있느냐고 물었다. 이인은 단번에 고개를 저었다. 그렇다면 어느 나라를 가봤느냐고 물었다. 파병 때문에 레바논에 갔던 게 전부라고 이인이 대답하자, 벤은 왜 다른 나라를 가보지 않았느냐고 되물었다. 이인은 왜 꼭 다른 나라를 가보아야 하느냐고 묻고 싶었다. 아니면 사람들은 어떤 때 다른 나라에 가고 싶어지냐고 묻고 싶었다. 이인은 그때 까지 단 한 번도 다른 나라에 가고 싶다고 생각한 적이 없었다.

벤은 앞이 보이지 않을 정도로 뿌옇게 내린 안개를 바라보며, 스무 살 때 이곳 포르투갈에 왔다고 말했다. 지금 우리가 있는 이곳은 라고스 해변으로, 전 세계에서 손에 꼽을 정도로 아름다 운 절벽이 펼쳐져 있다고 말이다. 이인의 눈에는 아무것도 보이 지 않았다. 하늘과 바다의 경계를 구분할 수 없었다. 저 멀리서 아득히 파도 소리가 들려왔다. 가끔 그 파도 소리마저 들리지 않 을 때는 이곳이 우주의 끝처럼 느껴지고는 했다.

'이 너머에는 아무것도 없음.'

차를 세운 곳은 부대에서 1시간가량 떨어진 곳이자 벤과 라고 스 이야기를 나누었던 장소이며 동시에 벤이 사라진 지점이었 다. 이인은 가방을 들고 차에서 내렸다. 마음 놓고 올 수 있는 곳 이 아니었다. 3개월 전까지 이곳은 분쟁의 중심지였다. 오고 싶 어도 쉽게 올 수 없었고, 오더라도 마음 편히 있을 수 없었다. 이 인은 비슷한 자리를 몇 번 배회하다 멈춰 섰다. 이쯤이었던 것 같다. 이 자리에서 몇 발자국 뒤에 이인이 서 있었고, 이 자리에 벤이 서 있었다. 이인은 마른 풀잎이 바스락거리는 곳에 주저앉았다. 여전히 죽음을 죽음이라 부르지 못했다. 아무것도 남기지 않았으니까. 가방에서 초콜릿 바 두 개를 꺼내 발 앞에 나란히 놓고 한동안 우두커니 앉아 있었다. 한때 안개가 짙어 한 치 앞도 내다볼 수 없었던 해변은 이제 한없이 푸르렀다. 이인은 웅크려 앉아 두 팔로 자신의 몸을 감싸 안고 들려오는 파도 소리에 귀를 기울였다.

울어야 하나. 누구의 말처럼 시원하게 울음을 터트려야 할까. 하지만 역시나 울음은 나오지 않는다. 울면 소용이 있을지도 모른다는 말을 믿을 때가 됐는데, 언제나 믿어지지가 않는다. 가장 슬프게 울었던 그 순간 울음은 어떤 소용도 없었으므로. 벤은 알 것이다. 이인이 울지 않아도 충분히 슬퍼하고 있다는 것을. 이인이 초콜릿 바를 챙겨 자리에서 일어났다.

"한 바퀴 돌고 올게. 당신이 말했던 코스로 가보려고."

차에 돌아간 이인은 생수 반병을 마시고 콘솔 박스에서 지도를 꺼냈다. N125번 도로를 타고 남쪽으로 드라이브를 갈 예정이었다. 멀지 않은 길이었다. 길어봤자 3시간가량 소요되리라. 그 시간이면 러시아군이 술에서 깨기 전에 부대로 도착할 거였다. 차가 출발했다. 세상은 멸망한 것처럼 고요했다. 문명은 남아 있고 인류가 사라진 곳이 있다면 이인은 그곳으로 여행을 가고 싶다고 생각했다.

　사고는 한순간이다. 잠시 눈을 뗀 사이, 잠시 방심한 사이, 잠시 안심한 사이. 하지만 그것은 사고에 대해 잘 모르는 사람들이나 하는 소리다. 사고는 체계적이고 조직적이며 점층적이다. 사고가 일어나기 전까지 모든 상황들은 무수히 많은 확률을 좁혀가며 그 순간을 향해 뻗어 나간다. 사고 지점에 충돌하기 전까지, 그 일을 막을 수 있는 무수한 기회가 있었지만 우리는 그것을 감지하지 못한다. 사고는 아주 긴 시간 동안 차분히 그 지점을 향해 달려오고 있다. 지도를 보기 위해 숙였던 고개를 들었던 그 순간, 한동안 나타나지 않았던 그 사람이 이인의 눈에 다시 보인 것도 한순간의 환각이 아닌 이전의 일로부터 파생된 사건의 연장선일 뿐이며 그로 인해 운전대를 급하게 틀다 절벽 아래로 차가 떨어진 것도 결국 계획된 일이다. 누군가로부터, 혹은 세상의 어떤 불합리한 힘으로부터.

　그 사람은 일상에 깃들어 있었다. 눈을 감으면 꿈 한 귀퉁이에 등장했고 눈을 뜨면 삶 곳곳에 있었다. 그 사람을 처음 손가락으로 가리켰던 날, 그 행동이 불러온 비극의 파장을 이인은 기억했다. 이인의 뇌가, 이인의 몸이, 이인의 세포 하나하나와 그 속의 원자가 그것을 잊지 않고 대물림했다. 그 사람이 보여도, 그 사람을 보아서는 안 된다. 보아도 말해서는 안 된다. 말해도 누군가 그 말을 들어서는 안 된다. 이인이 할 수 있는, 또 다른 사고를 막는 유일한 방법이었다. 그러니 그 사람이 찾아오지 않았던 전장은 아이러니하게도 이인에게는 평범한 일상이 되었다. 그런 평범한 일상에 너무 익숙해진 탓이다. 그 사람을 보자마자 운전대를 돌리는 실수를 저지른 건.

좌측으로 틀어진 바퀴는 계속해서 미끄러졌다. 젖은 잡초는 마찰을 일으키지 못했고, 관리되지 않은 레토나도 관성을 이기지 못했다. 차는 절벽 아래로 떨어졌다. 20년 전부터 이어져온 사고의 연장선이었다.

벤에게는 사별한 아내가 있었다. 어렸을 때부터 함께 자란 두 사람은 서로가 아니면 안 된다는 것을 일찍 깨달았고 성인이 되자마자 100달러짜리 반지를 나눠 끼며 10주년 때 1000달러짜리 반지로 새로 맞춰 끼자고 약속했다. 하지만 벤의 아내는 벤이 2018년 평창올림픽 출전을 위해 한국에 왔을 때 심장마비로 세상을 떠났다. 만일 벤이 한국에 있지 않았더라면 벤은 아내가 거실에서 쓰러졌을 때 곧바로 심폐 소생술을 진행해 멈춘 심장을 다시 뛰게 할 수 있는 마지막 기회를 놓치지 않았을 것이다. 그렇지만 벤은 북태평양을 가로질러 한국 동쪽에 있었다. 벤이 아내를 살리려면 얼마나 많은 과거를 바꿔야 할까. 한국에 오지 않는 과거로, 스키를 배우지 않는 과거로, 신혼집을 시카고로 정하지 않는 과거로, 스모그가 짙었던 날 심장이 아프다는 아내의 말을 그냥 흘려듣지 않는 과거로, 스모그에 발암물질이 섞이지 않는 과거로. 끊임없이 거쳐 올라가면 언젠가는 아내가 죽지 않는 우주를 만날 수 있을 것이다. 벤은 아내만큼 사랑하는 사람을 만날 수 없을 거라 확신했고 이인은 사람을 사랑할 수 없다는 걸 확신했다. 벤과 이인이 서로 옆집에 살자고 약속한 것은 이런 이유 때문이었다. 아무도 사랑하지 않는 삶을 살되, 외롭게 있지는 말자고 이인은 벤에게 말했다.

나는 혼자 사는 게 아닐지도 몰라. 나는 계속 누군가와 함께 있으니까.

그 사람이 없는 곳으로 가려면 어디로 가야 해?

몰라. 지구에는 없을지도. 아니면 계속 전쟁을 쫓아 가야지. 그게 아니라면 뒤로 가야지. 사고가 나지 않는 순간으로. 계속 거꾸로 가야지.

벤은 이인의 말을 들으며 웃었다. 일정한 간격으로 탁, 탁 부딪치는 소리가 들렸다. 이인이 고개를 돌렸다. 벤과 이야기를 나누고 있었던 곳은 레바논의 작은 레스토랑이었고 이인은 사거리 건너편에서 자신을 바라보고 있는 그 사람을 발견했다. 그 사람은 이인을 주시하다가 건널목 없는 거리를 건넜다. 이인은 무시하기 위해 고개를 돌렸지만, 앞에 앉았던 벤이 어느새 그 사람으로 바뀌었다. 이인이 자리에서 벌떡 일어났다. 몸을 튼 순간 코앞까지 다가온 그 사람과 눈이 마주치며 이인의 시야가 암흑으로 변했다.

조금씩 또렷해지는 시야 속에서 가장 먼저 보인 것은 거꾸로 자란 나무였다. 나뭇잎은 중력을 거슬러 하늘을 향해 솟아 있었다. 이인은 나뭇가지를 멍하니 바라보다, 이마에 따뜻한 무언가가 흐르고 있다는 걸 알아차렸다. 고개를 들었다. 차 천장에 검게 얼룩진 핏물이 가득했다. 손으로 이마를 훑었다. 손바닥에 붉은 피가 가득 묻었다. 따뜻한 피가 손바닥에 느껴지자, 몸의 감각도 점차 돌아왔다. 참을 수 없는 고통이었다. 이인은 뒤늦게야 짐승 같은 괴성을 질렀다. 앞 유리와 옆구리를 관통한 것은 단단한 나뭇가지였다. 천장에 손을 뻗자 차가 흔들렸다. 가지를 빼내기 위해 몸을 움직였지만 아무 소용없었다. 숨을 몰아쉬었다. 고통은 숨과 반응해 거세졌다.

차는 지상으로부터 그리 높지 않은 곳에 매달려 있었다. 이인이 천장을 짚은 상태로 숨을 더 크게 몰아쉬었다. 일단 이 나무에서 벗어나야 한다. 곧이어 다가올 최악의 고통을 예감하며, 이인은 숨을 참고 천장을 손바닥으로 내리쳤다. 차가 조금씩 흔들렸다. 옆구리를 관통한 나뭇가지도 따라 흔들리다 점차 무게를 버티지 못하고 휘기 시작했다. 입술이 하얗게 질릴 정도로 깨물어도 괴성이 튀어나왔다. 차라리 이를 전부 뽑아내는 게 나을 것 같았다. 차가 심하게 기울다가 머지않아 아래로 곤두박질쳤다.

노을이 바다와 절벽을 전부 뒤덮었을 때, 이인은 눈을 떴다.

이곳은 황금으로 뒤덮인 저승이라고 생각했다. 이인이 알고 있는 저승과는 달랐지만, 저렇게 아름다울 수도 있을 것 같았다. 하지만 이곳은 저승이 아니다. 피 묻은 나뭇가지가 이인을 향해 뻗어 있고 깨진 창 조각이 몸에 다닥다닥 붙어 있다. 이인은 손가락 끝에 힘을 주었다. 어설프게 움직이는 손가락으로 자신이 살아 있음을 확인했다.

구겨진 차체에서 몸을 빼내는 것은 어렵지 않았다. 차는 조수석 창문이 모래에 닿도록 측면으로 떨어졌다. 안전띠를 풀자 몸이 조수석 쪽으로 떨어졌다. 깨진 유리 조각이 팔뚝에 박혔다. 통증에 욕을 뱉으며 이인은 차 밖으로 빠져나왔다. 이인은 푹신한 모래에 몸을 뉘었다. 팔뚝에 박힌 유리 조각을 그제야 뽑아냈다. 쓰라렸지만 견딜 만했다. 진득하게 피가 말라붙은 윗옷을 들춰볼 엄두가 나지 않았다. 상처를 마주하면 사라진 감각이 돌아올 것 같았기에 최대한 미루고 싶었다. 사방을 둘러보았다. 절벽뿐이었다.

이인이 떨어진 곳은 절벽 아래의 아주 작은 해변이었다. 절벽에서 풍화되어 떨어진 잔해들의 무덤 같은 곳이었다. 위로 향하는 길도, 바다를 건너갈 방법도 보이지 않았다. 이인은 눈을 질끈 감았다. 나갈 방법이 있을 거라는 희망을 놓고 싶지 않았지만, 현재로서는 이곳에 조난되었다는 것을 인정해야 했다. 빨리 인정해야 생존할 방법을 모색할 수 있었다.

챙겨 온 가방 안에는 초콜릿 바 두 개, 후드집업, 그리고 권총이 전부였고 트렁크에는 응급 키트와 손전등이 들어 있었다. 이인이 응급키트를 열었다. 의료용 스테이플러와 붕대뿐이었다. 이인이 숨을 크게 들이마신 뒤 피와 엉겨 붙은 옷을 들어 올렸다. 허리와 배를 뒤덮은 검붉은 피가 드러났다. 배를 더듬어 상처 부위를 확인했다. 지름 15센티미터 정도의 크기다. 피가 굳어 상처가 막혔지만 벌어진 살이 맞물려 있는 것은 아니다. 이인은 반쯤 남은 생수병의 물을 상처 위에 부었다. 어느 정도 피가 멎은 부위에 스테이플러를 가져가, 숨을 크게 들이마시고 심을 박았다. 한 번 멈추면 다시는 박지 못할 거 같아 쉬지 않고 계속 박았다. 그 후 붕대를 뜯어 허리에 감았다. 그제야 잇새로 신음이 터졌다. 이인은 있는 힘껏 붕대를 조였다. 단단하게. 더 단단하게.

휴대전화는 차체 밑에 깔렸고 무전기는 보이지 않았다. 이인은 켜지지 않는 휴대전화를 가방에 욱여넣었다. 노을도 점차 검게 물들어가자 바닷바람은 거세졌고 차가워졌다. 옆으로 기운 차와 절벽, 그리고 바다. 그게 끝이었다. 누군가 우연히 이곳을 지나다 이인을 발견하는 일은 일어나지 않으리라. 이인이 절벽을 타고 올라가거나, 이인의 부재를 알아차린 누군가가 이인을 찾아 이곳에 와야만 했다. 이인은 챙겨 온 후드집업을 껴입고 자리에서 일어났다. 통증은 여전했지만 움직이지 못할 정도는 아니었다. 물과 식량, 여분의 붕대가 든 가방과 담요를 챙겼다. 날이 점점 추워지고 있으므로 계속 이곳에 있는 건 안전하지 않았다. 절벽과 절벽 사이, 바위와 바위 사이로 가기 위해 무거운 다리를 움직였다. 이인이 돌아오지 않았다는 사실을 알아차리고 혹시라도 러시아군이 찾으러 오지 않을까. 아니, 한국군이 남아 있다는 사실을 그들이 알기나 할까. 그들이 이인의 존재를 모른다면 그저 린의 연락만을 기다려야 했다. 연락을 시도했지만 닿지 않고, 또 닿지 않고, 계속 닿지 않다가 이상함을 느낀 린이 이인의 생사를 확인해 올 때까지. 그렇게 한국이 이인을 찾기 위해 수색대를 다시 꾸릴 때까지. 그때까지 얼마나 걸릴까. 나흘? 열흘? 어쩌면 보름이 넘을 수도 있겠다. 이인을 찾으러 한국의 헬기는 분명 뜰 테지만, 헬기가 뜰 때까지 이인이 살아 있을지는 알 수 없었다.

절벽의 좁은 틈은 마치 하나였던 것이 둘로 갈라져 생긴 것 같왔다. 이인은 그 틈에 몸을 눕혔다. 잠시라도 눈을 붙일 생각이었다. 몸의 상태를 살피는 것도, 이곳을 나가는 것도 전부 쏟아지는 잠을 처리한 후의 일처럼 느껴졌다. 이인은 가방을 베개 삼아 베고는 담요를 몸에 둘렀다. 천천히, 몸을 둥글게 말았다. 손전등은 배터리가 방전될까 봐 오래 켜두지 못하고 껐다. 기절하듯 잠에 빠졌다.

불쾌하고, 어둡고, 춥고, 눅눅한 꿈에 짓눌리다 눈을 떴다.

생수를 조금 마셨다. 허기는 졌지만 음식이 급하지 않아 참을 만했다. 상처 부위가 뻣뻣하게 굳은 것처럼 움직임이 쉽지 않았다. 사방을 둘러싼 절벽에는 여전히 출구가 보이지 않았다. 이인은 높다란 절벽을 바라보다 자리에서 일어났다. 절벽 앞에 섰다. 한때 클라이밍이 취미였던 것을 생각하며, 잡고 디딜 수 있는 곳에 손과 발을 얹었다. 하지만 오래 버티지 못했다. 복부에 힘을 주자 스테인플러의 심이 살을 파고들며 피가 왈칵 뿜어져 나오는 것이 느껴졌다. 통증에 손힘이 풀렸다. 높지 않은 곳에서 그대로 떨어졌다. 떨어질 때 허리에 가해진 충격 탓에 상처가 욱신거려 움직일 수 없었다. 절벽 끝은 닿을 수 없을 만큼 높아 보였다. 절벽은 총을 들지 않은 적이었다. 이인이 죽어가는 것을 지켜보고 있는 심판자 같기도 했다. 하지만 절벽이 적군이든 심판자이든 그건 중요하지 않았다. 총을 든 적군에게 포위되었을 때에도 살아남지 않았던가.

　이인은 모래 위에 누워 천천히 숨을 골랐다. 하늘은 맑았고 바다는 빛났다. 이인이 단 한 번도 마주 본 적 없던 날씨였다. 푸르다 못해 하얗게 빛난다는 것. 다이아몬드가 깔린 것처럼 빛나는 바다의 경계. 눈부시게 반짝이는 바다와 하늘을 바라보다 이인은 소리쳤다. 바다와 절벽 너머를 향해. 이 근처 어딘가에 있을지도 모르는 사람을 향해. 절벽을 타고 올라간 목소리는 메아리로 퍼졌다. 돌아오는 대답은 없었다. 이인은 또다시 크게 소리쳤다. 절벽과 바다를 타고 퍼져나간 소리는 이 행성 전체에 울려 퍼질 것처럼 기세 좋게 나아갔으나 돌아오는 건 파도 소리뿐이었다.

　손바닥 크기의 초콜릿 바 하나를 4등분으로 나누고 한 조각만 남겨둔 채 나머지는 가방에 도로 넣었다. 초콜릿 바 한 조각을 입에 넣었다. 해가 지고 있었다. 포르투갈의 일몰은 한국보다 늦다고 했다. 여름에는 밤 10시에도 노을이 져 있다고 했던가. 시간을 확인하지 않고 해가 질 때까지 놀다 보니 밤 10시였다던 벤의 말이 떠올랐다. 이인은 입안에 든 초콜릿 바를 천천히 녹이며 무전기를 들었다. 아무리 버튼을 돌려도 무전기는 작동되지 않았다. 이인은 그저 캄캄한 어둠이 점차 밀려오는 것을 보고 조용히 손전등을 켤 뿐이었다.

타인에게 얼마나 슬프고 괴로운지를 알리기 위해서는 삶과 죽음의 경계를 기꺼이 넘나들 수 있어야 했다. 그런 시도조차 하지 않는 것은 거짓된 고통, 거짓된 슬픔, 혹은 크지 않은 고통, 크지 않은 슬픔이 되었다. 고통과 슬픔, 좌절과 모멸, 증오와 살의가 존재한다는 것만으로는 만족하지 않은 것처럼 보였다. 누군가 살라고 말했다. 죽을 생각이 없는 사람에게.

죽음을 강요하는 이들도 있었다. 열여섯 살에 만난 친구들이 그랬다. 이인이 겪은 사고를 알게 되자 단숨에 끌어안아 위로해주던 아이들은 어느새 비틀어진 말들을 건넸다. 아이들의 얼굴은 전부 지우개로 밀어버린 듯 번져 있었다. 누가 말하는지 구별되지도 않았다. 잔인하고 다정했던 얼굴은 사라졌다. 아주 잠시 기억해내려고 노력했지만 되지 않았다. 이인은 도중에 포기했다. 떠들고 있는 애들 사이를 지나쳤다. 철쭉이 가득 핀 운동장이 보였다. 창틀에 기대어 선 이인은 따뜻한 바람을 맞으며 하염없이 운동장을 바라보았다. 편안하고 행복했다. 누구도 이인에게 말을 걸지 않았다. 삶과 죽음의 경계에서 선택을 강요하지 않았다. 이인은 살며시 눈을 감았다. 누구에게도 대답하지 못했지만 이인은, 역시 살아 있는 게 좋았다.

이인은 이질감을 느끼며 단번에 눈을 떴다. 주변에 가득 낀 안개를 발견했다. 본능적으로 가방에서 권총을 꺼냈다. 절벽을 등

지고 자리에 앉았다. 주변은 적막했다. 이인은 식은땀을 훔치며 총을 내렸다. 단순한 해무일 뿐이다. 바닷가에 뜨는. 긴장감이 한풀 꺾이자 통증이 찾아왔다. 옷을 들췄다. 두껍게 감은 붕대 위로 피가 비치지는 않았지만 상처 부위에 따뜻함이 느껴졌다. 고름이 나오거나 약간의 피가 새는 모양이었다. 통증이 멎을 때까지 그 자리에서 움직이지 않았다. 물을 몇 모금 마시고 절벽에 기대어 몇 시간 동안 앉아 있었다. 뒤척일 때마다 허리 통증은 점점 심해졌다. 통증이 지나가면 탈수 증상이 왔다. 물을 아끼는 게 쉽지 않았다. 하루에 두 모금 이상의 물은 마시지 않으려 했고, 급할 땐 입술을 축이면서 버텨보았지만 땀과 피를 잔뜩 흘린 몸은 그런 의지를 허락하지 않았다.

죽음을 다짐한 사람들이 왜 더 오래 살아남는 줄 알아? 모든 생명체는 살아야겠다는 욕망으로 이루어져 있는데, 그 욕망이 뒤틀리면 지구의 흐름으로부터 비껴나가게 되는 거야. 날아오던 총알도 그 기류에 휩쓸려 빗나가게 되는 거지. 죽고자 하는 사람들은 그렇게 더 오래 살게 돼. 사는 것도, 죽은 것도 아닌 경계에서. 아내를 따라가려고 목을 매달았을 때는 문손잡이가 떨어졌어. 총알을 사서 돌아오던 길에는 가방을 도둑맞았고, 수면제는 아내가 착각하고 담아 둔 비타민이었어. 그게 비타민인 걸 알았을 때 내가 죽을 수 없다는 걸 알았지. 내가 죽지 못하게 아내가 막고 있다는 생각이 들었거든. 그래서 이제 살고 싶어. 이번 전쟁이 끝나면 더는 전장에 발을 들이지 않을 거야. 네 말대로 서로 옆집에 살자고. 일단 동네 강아지들 산책시키는 일을 시작해야겠어.

악착같이, 끈질기게, 구질구질하게, 소득 없이, 볼썽사납게. 그렇게라도 살고자 했던 이인의 바람이 결국 죽음으로 되돌아온 것일까. 이인은 몸을 감싸 안았다. 바다는 분홍빛이었고 노란 자개가 박힌 것처럼 반짝였다. 자개의 빛은 바다에서 하늘로 향했다. 바다에서 올라온 자개 빛이 하늘에서 반짝이기 시작했고, 곧 하늘에 빛의 길이 만들어졌다. 지구가 우주에 있다는 것을 이인은 그때 느꼈다. 지구를 찾아온 그것들은 정말 저 어느 곳에서, 하늘에 만들어진 길을 따라 찾아왔구나.

구름이 지나갈 때마다 달이 출렁였다. 이인은 시선을 내려 바다에 비친 선명한 달을 쳐다봤다. 물에 비친 것은 바다의 달인데 흔들리는 것은 하늘의 달이었다. 이인은 더 오래 바라보지 않고 몸을 돌렸다. 물은 몇 모금밖에 남지 않았다. 심한 갈증을 느꼈지만 아직은 참을 만했다. 앞으로가 문제였다. 물은 언젠가 떨어질 테고, 물 없이는 오래 버티지 못할 거였다. 근처를 지나가는 기척은 느끼지 못했다. 파도 소리뿐이었다.

무섭지 않았어? 나는 네가 죽을 줄 알았어.

나도 내가 죽을 줄 알았어.

그런데 용케 살았네. 너도 운이 좋았구나.

아니, 살려달라고 빌었어. 살고 싶어서 울면서 애원했어. 의외라는 표정이네. 너도 내가 죽고 싶어 한다고 생각했구나. 맞아, 한때는 그랬어. 그렇지만 그건 한때야. 한때는 영원할 수 없어.

그렇게 닷새가 지났다.

손가락 하나 까딱할 수 없었다. 온몸이 뜨거웠다. 다리가 땡땡 부어 움직여지지 않았다. 단순히 먹지 못해 기력이 없는 것이 아니었다. 이인은 상처 부위를 통해 무언가가 감염되었다는 것을 깨달았다. 살고자 해서 죽음에 가까워졌다.

그대로 있었다면 죽었는지도 모르게 죽었을 것이다. 하지만 이인은 그대로 있을 수 없었다. 몸을 일으켜야만 했다. 총을 쥐어야 했으니까.

엿새째, 이인은 총을 움켜쥐어 조준했다.

“….”

“….”

그러자 *그것*은, 이인을 향해 두 팔을 들며 손을 펼쳤다. 어디선가 따온 꽃잎이 손 안에서 바닥으로 떨어졌다.

각질이 일어난 입술은 거칠었고, 눈 밑은 계속 떨렸다. 추운데도 땀이 흘렀다. 손가락에는 감각이 없었다. 몸은 제 것이 아닌 것처럼 느껴졌다. 하지만 이인은 *그것*을 놓치지 않았다. *그것*은 무기를 가진 것처럼 보이지는 않았다. 이인은 방아쇠에 손가락을 걸고 경계했다. 고작 한 발뿐이었다. 적진이 후퇴한 땅을 너무 만만하게 생각한 탓이다. 한 발로 즉사할 수 있는 확률은 몇이나 될까. 확답할 수 없었다. 하지만 제로에 가까우리라. 두 손을 들고 있던 *그것*이 옆으로 한 발자국 움직이자, 이인은 총을 들이밀며 경고했다. *그것*은 곧장 걸음을 멈췄다. 이인은 총구로 절벽을 가리켰다. *그것*은 이인의 지시를 바로 알아들은 것처럼 절벽으로 다가가 벽을 바라보고 섰다. 이인은 모래를 밟으며 천천히 다가가 *그것*의 뒤통수에 총구를 댄 후에야 얼굴만을 주시하고 있던 시선을 내려 *그것*의 몸을 살폈다. *그것*은 이인이 전장에서 보았던 *그것*들보다 신장과 체구가 작았다. *그것*이 입고 있는 전투복은 몇 번의 총질로는 구멍을 낼 수 없을 정도로 촘촘하고 질긴 섬유로 만들어졌다. 그래서 여러 명이 붙어 숨이 끊길 때까지, 총알이 옷을 뚫고 들어갈 때까지 무자비하게 사격하는 것이 유일한 작전이었다. 전투복 곳곳에는 총알이 스치고 간 듯. 거뭇거뭇한 자국이 남아 있었다.

그것이 손가락을 구부렸다. 이인은 총구로 뒤통수를 눌렀다. 그것은 공격할 의지가 없다는 걸 표현하기라도 하듯 구부렸던 손가락을 다시 펼쳤다. 무기도 없을뿐더러 싸울 의지도 없다. 어쩌면 낙오된 것일지도 모른다. 하지만 이런 추측과는 상관없이 쏴야 한다는 것을 이인은 알고 있다. 머리를 쏜다면 분명 한 방에 그것을 죽일 수 있을 테니까. 그것들이 벤을 가차 없이 쐈던 것처럼. 그런데 왜 하필, 이인은 파르르 떨리는 손가락을 보았을까. 떨고 있다. 손가락뿐만 아니라 전신을. 그것은 자신의 뒤통수에 닿은 총구를, 이곳에서 만난 적군을 두려워하고 있다. 이 떨림은 진짜일까. 이인은 방아쇠에 손가락을 붙였다 떼며 망설였다.

지금 방아쇠를 당기지 않는다면 후회할 것인가, 그것을 죽이는 것과 자신이 살아남는다는 두 문장에 연관성이 있는가, 승리라 할 수 없다면 이인은 무엇을 위해 방아쇠를 당겨야 하는가….

이인이 총을 내리자 그것 역시 천천히 손을 내렸다. 조심스럽게 뒤돌아보는 그것을 지켜보며 이인은 걸음을 돌렸다. 이인이 맞은편 절벽에 기대어 앉을 때까지 그것은 공격해오지 않았다.

이인은 판단력이 흐려졌다고 생각했다. 하지만 마지막 남은 한 발이라면 *그것*이 아닌 자신에게 쏘고 싶었다. 이 한 발을 고작 *그것* 따위에게 양보하고 싶지 않았다.

애원이 어떻게 그들에게 통했어?
내가 두려워하고 있다는 걸 알았겠지. 그 두려움이 나를 나로 보이게 한 거지.
너를 너로?
어. 무장한 미군이 아닌 삶을 갈구하는 나로. 당신들을 공격하지 않을 거라고 처절하게 보여줬지.

절벽에 기대어 앉아 있는 것도 힘들었지만 이인은 방아쇠에 걸린 손가락을 잠시도 풀지 않았다. *그것*은 아까부터 같은 자리에 웅크리고 앉아 모래를 쌓고 무너트리기를 반복했다. 꼭 모래성 쌓기를 하며 놀고 있는 것처럼 보였다. 어쩌면 정말 놀고 있는 것일지도 모른다. 이인의 동태를 이따금 살피면서, 이 지루한 대치 상태를 견디면서. 이인은 궁금해졌다. *그것*이 왜 여기에 있는지. 왜 인간을 공격하지 않는지.

'어쩌면 그들은 우리와 소통할 수 있을지도 몰라.'
'나는 들었어. 딱, 딱. 소리를 내며 유인하는 것을.'

메마른 목구멍에서는 아무 소리도 나오지 않았다. 이인은 갈라진 입술을 오므렸다가 도로 닫았다. 거리가 있어 소리를 내뱉는다고 한들 *그것*에게 닿을 것 같지 않았다. 이인은 천천히 숨을 내뱉었다. 입술을 벌려 혀를 입천장에 붙였다가 떼어냈다.

딱-

이인은 다시 한 번 입천장에 혀를 붙였다.

딱-

*그것*이 고개를 들었다. 이인은 엿새 만에 다른 존재가 내는 소리를 들었다. 둔탁하고 딱딱한 소리가 아니었다. *그것*이 혀를 차며 내뱉은 소리는 새처럼 맑고 청아했다.

--!

'모두가 적대적이지는 않을 수도 있다는 말이지. 우리처럼.'

*그것*은 말을 떼기 시작한 어린 짐승처럼 울부짖었다. 이인에게 건네는 노래 같았다. 이인은 현실이 전혀 현실처럼 느껴지지 않았다.

파도 소리에 고개를 쳐들며 잠에서 깬 이인은 총부터 쥐었다. 얼마나 잠들었는지 알 수 없었다. 눈을 감았을 때도, 떴을 때도 여전히 깊은 새벽이었다. 주변은 여전히 안개로 가득했다. 그리고 *그것*이 없었다. 자리에는 무너진 모래성뿐이었다. 이인은 몸을 일으키다 도로 주저앉았다. 다리가 마음대로 움직여지지 않았고 현기증과 구역감을 동시에 느꼈다. 상처 부위를 팔로 감싸며 이마를 모래에 처박았다. 고통을 참는 것 외에 할 수 있는 일이 없었다. 뒤집힌 시야 안으로 자신에게 달려오는 *그것*이 보였다. *그것*은 이인을 부르는 것처럼 다급하게 짖었다.

가까이 보면 안 되는 얼굴들이 있다. 집단 속에 섞여야지만 살아갈 수 있는 존재들이 있다. 개인의 얼굴이 드러나는 순간, 삶의 의지를 빼앗길 수도 있다. 그래서 살고 싶어 군집 속으로 얼굴을 지우고 들어가는 삶이 있다. 벤이 그랬다. 벤만 보면 모두가 그토록 친했던 친구이자 사랑했던 아내를 잃은 것을 위로하며 벤의 여생이 얼마 남지 않은 것처럼 말했다. 그래서 벤은 얼굴을 마주 볼 수 있는 이인을 만난 것에 기뻐했다. *얼굴을 봐야 해. 그 얼굴에 새겨진 상처와 기쁨을 봐야 해. 뱉지 못한 말을 들어야만 해…* *그것*은 손으로 땅을 짚고, 무릎을 꿇고, 허리를 둥글게 말아 이인의 얼굴을 마주 봤다. 고통을 견디며 이인은 *그것*의 얼굴을 주시했다. 집단에 있으면 마주 보지 못하는 얼굴이 있다. 한 사람의 얼굴을 바라보지 못하게 하는 곳이 전장이었다. 적과 얼굴을 마주하는 순간 더는 겨냥할 수 없으므로.

*그것*의 손에는 보라색 꽃이 쥐어져 있었다.

아파하는 이인에게 손을 뻗어, 자신이 쥐고 있던 꽃을 넘겼다.

모래에 누운 이인이 *그것*의 손을 붙잡았다. 식은땀을 흘리다가 한순간 온몸에 힘이 빠지며 정신이 아득해졌다. 고통이 잦아들며 다시 잠으로 빠져들었다. 이인은 *그것*의 손을 꼭 쥔 채 놓지 않았다.

그리고 꿈에 *그것*이 나왔다.

*그것*은 별이 뜬 바다에서 그물로 별 하나를 건져 이인에게 건넸다. 이인은 그 꿈에서 몇 가지 의문을 품었다. *그것*이 왜 꿈에 나타났는지. 꿈에 나타난 *그것*이 왜 바다에서 건진 별을 건넸는지. 왜 무섭지 않고 편안한지. 이인은 안개에 갇힌 열흘 동안 꿈에 아내가 나왔다던 벤의 말을 떠올렸다. 분쟁 지역에 있는 동안 갖가지 꿈에 반응하던 동료들의 얼굴도 떠올렸다. 이인은 별을 받기 위해 손을 뻗었지만, 별은 이인의 손 안에서 바닷물이 되어 흩어졌고 이인은 잠에서 깼다.

"…물."

쇳소리 같은 목소리를 냈다.

"목말라."

눈을 뜨자마자 이인은 심한 갈증을 느꼈지만 손가락 하나 까딱할 수 없을 만큼 지친 상태였다. 두 팔로 기어가 바닷물이라도 마시고 싶었다. 그러면 안 된다는 걸 알면서도 참을 수 없는 갈증이 이인을 물어뜯었다. 갈증은 그렇게 피를 빤다. 몸의 수분이 빠져나가고, 양분을 빼앗긴 몸은 나뭇가지처럼 앙상해지리라. 이인은 뜨겁고 느린 숨을 뱉었다.

"…"

눈앞에 생수병이 나타났다. 기울어진 병 밑바닥에 희미하게 남아 있는 물을 보며 입을 벌렸다. *그것*은 뚜껑을 열어 남은 물을 이인의 입에 따라주었다. 이인은 그제야 *그것*을 쳐다보았다. 천천히 스며드는 미지근한 물을 느끼며, 이인은 초점이 흐려지는 시야를 붙잡았다. 두렵고 원망스러운 존재여야 했다. 이 행성을 침략한 악한 존재처럼 느껴져야 하는데, 지금 이인의 눈앞에 있는 *그것*은 전혀 그렇게 느껴지지 않았다. 이인은 *그것*의 눈을 바라보며 입술을 뗐다.

"더."

이인은 그쯤에서 눈을 감았다. *그것*이 절벽을 쉽게 타고 올라가 이곳을 빠져나가는 것을 마지막으로 목격하면서.

*그것*은 생수병에 물을 가득 담아왔다. 이인은 물의 정체를 알 수 없어 망설였지만 오래 고민하지는 않았다. 설령 독극물이라고 하더라도 이인은 마셨을 것이다. 갈증은 사람의 판단력까지 함께 쪼그라들게 했다. 한 병을 전부 마시고 싶은 것을 참아내며 입술을 뗐다. 그제야 숨이 쉬어지는 것 같았다. 다행히 물이었다. 약간의 흙이 섞였지만, 달고 시원한 물이었다. 이인은 생수

병 뚜껑을 닫은 후 몇 걸음 떨어진 곳에 웅크려 앉은 *그것*을 바라봤다.

"…고마워."

이인은 곧장 머쓱해졌지만 꿋꿋하게 말을 이었다.

"내 말 알아듣고 있는 거 알아."

사실은 확신할 수 없었다. 그저 그럴 것 같아 내뱉은 말이었다. 하지만 *그것*은 이인의 말에 입을 벌리며 '웃었다'. *그것*들이 웃을 때 인간과 비슷하게 얼굴 근육을 움직이는 것이 맞다면 *그것*은 웃고 있었다. 도대체 왜 *그것*은 다른 것들과 달리 이인에게 이토록 호의적일까. 그때까지도 이인은 총을 쥐고 있었다. 그렇지만 방아쇠에는 손가락을 걸지 않았다. *그것*의 얼굴을 너무 오래 보았다. *그것*이 더는 '*그것*'으로 묶일 수 없을 만큼.

부르기 위해서는 이름이 필요했다. 아니다. 이인은 그저 이름을 붙이고 싶었을 뿐이다. 전쟁이 끝나면 이름 붙일 수 있는 무언가를 옆에 두라던 상담사의 처방이 떠올랐다.

"나나."

더 어울리는 이름을 생각하고 싶었지만 떠오르지 않았다.

"나나라고 불러도 돼?"

*그것*이 고개를 끄덕였다. 이제 *그것*은 나나가 되었다. 비록 잠깐 붙었다 떼어질 이름이라도.

이인이 손을 뻗었다. 손끝으로 가리킨 것은 서서히 이인을 죽이고 있는 절벽. 나나는 이인의 손끝을 따라 고개를 돌리다가 다시 이인을 쳐다봤다. 나중에 린이 이 상황을 듣게 된다면 이인에게 미쳤다고 할지도 모르겠다. 벤이었다면 웃었을까. 하지만 이인은 절박했다. 결국 살아야지만, 린에게 이 이야기도 전할 수 있는 것이 아니던가.

"나를… 저 위로 데려다 줘….""

옳은 판단인지 헤아릴 여력이 없었다. 그렇지만 나나에게 구조 요청을 부탁할 수는 없었다. 나나는 이곳에 오기도 전에 잡힐 것이다. 오기도 전에 죽을 것이다. 어쩌면 나나의 등장으로 다시 대규모 수색대가 꾸려질 수도 있다. 그게 언제가 될지는 알 수 없지만. 최후의 수단으로 이 지역 자체를 봉쇄할지도 모른다. 아무도 들어오지 못하고, 무엇도 나갈 수 없게.

"부탁이야. 나를 절벽 위로… 데리고 가."

나나가 자신보다 체구가 작다는 걸 알면서도 이인은 기대했다. 그것들은 인간보다 힘이 훨씬 셀지도 모르니까. 절벽을 아무렇지 않게 타고 올라가는 것을 보면 무언가 특별한 힘이나 신체 능력이 있을 지도 모르니까. 나나는 이인을 바라보다 지저귀었다. 이인에게 할 말이 있는 듯 열심히 울었지만 이인이 알아들을 수 있는 것은 없었다. 하지만 나나는 이인의 말을 알아들을 수 있을 것만 같았다. 예전에 같이 살았던 고양이 나나와도 늘 이런 식으로 소통하지 않았던가. 언제나 나나는 이인의 말을 알아들었지만 이인은 나나의 말을 알아듣지 못하는.

"너를 해치지 않을게."

나나가 지저귐을 멈췄다.

"…약속해."

이인이 약속한다는 의미로 새끼손가락을 내밀었다. 나나가 인간들의 약속을 알 리 없다는 걸 알면서도, 그 행위는 이인이 할 수 있는 가장 진솔한 다짐이었다. 나나는 이인이 내민 새끼손가락을 유심히 바라봤다. 나나가 이인의 새끼손가락을 움켜잡았다. 너무 작은 손이었다.

나나는 손만큼이나 너무 작았다. 뒤에서 끌어안은 후에야 나나가 고작 열두 살에서 열세 살 아이 정도의 체구라는 걸 실감했다. 인간보다 힘이 어마어마하게 세지도 않았다. 나나는 절벽의 반도 올라가지 못하고 미끄러졌다. 바닥에 떨어질 때마다 온몸이 조각나듯이 아팠으나 이인은 이를 악물고 참았다. 나나의 어깨에 팔을 두르고 버티는 것도 힘들었지만 그것도 이를 악물고 참았다. 하지만 열 번이 넘는 도전에도 나나는 끝내 비슷한 구간에서 미끄러졌다. 이인은 결국 더 버티지 못하고 팔을 풀었다. 허기와 갈증, 고통과 졸음이 뒤섞였다. 죽음의 전조. 검게 변한 발톱과 다리를 확인하고 이인이 눈을 돌렸다. 나나는 떨어져 있던 생수병을 이인에게 내밀었다. 그것이 치유의 물이라도 되는 것처럼. 생수병을 받았지만 힘이 없었다. 이인은 잠시 쉬고 싶었다. 느리게 숨을 뱉었다. 하늘은 어느새 어둑어둑해졌다. 이번에도 달은 바다에 있었다.

"이인이야. 이름은."

이인은 나나에게 이름만 붙여주고 자신을 소개하지 않았다는 것을 뒤늦게 깨달았다. 다른 이에게 자신을 소개하는 것이 실로 오랜만인 것 같았다. 나나가 인간이었더라면 하지 않았을 말이었다.

"서른하나."

또다시 눈꺼풀이 무거워졌다. 두 눈이 달라붙어 영원히 뜨지 못하는 상상을 했다.

"축구 좋아해서 선수가 되고 싶었어. 몸 쓰는 건 다 좋아했어…."

나나가 무어라 지저귀었다. 이인이 무거운 손을 흔들었다.

"뭐라는지 모르겠어. 도통…. 네가 하는 말은."

무거운 눈꺼풀을 이기지 못하고 두 눈을 감으며 이인이 생각했다. 다시 하늘을 바라볼 수 있을까.

굴다리가 있다. 높이 2미터의, 길지 않은 곳이다. 담쟁이덩굴이 휘감은 굴다리 안에는 앞바퀴가 없는 오토바이, 쓰레기통이 되어버린 손수레, 뼈대만 남은 유아차 같은 것들이 버려져 있었다. 아파트 단지 후문에 있는 굴다리는 바다로 가는 지름길이었지만 아무도 그곳을 이용하지 않았다. 밤이 되면 입구 앞에 놓인 가로등 하나만 덩그러니 켜졌다. 굴다리에서 실제로 범죄가 일어난 적이 없었으나 어른들은 길이 어둡고 더러워 언제든 어떤 일이 일어나도 이상하지 않을 곳처럼 여겼다. 그 말은 곧 굴다리에서 일어나는 범죄의 책임은 그 위험한 곳에 간 당사자에게 있다는 말과 같았다. 아이들은 그걸 몰랐다. 어른들만의 암묵적인 약속이었으므로, 아이들은 종종 굴다리 안에서 모여 앉아 게임을 하고 술을 몰래 마시고 담배를 몰래 피우고는 했다. 어른들이 아무리 무섭다고 한들 아이들은 놀이터가 두렵지 않았다. 은밀하고 아늑해서 좋아했다. 문제집을 몰래 버릴 수 있고, 시험지를 찢을 수 있고, 들키지 않고 울 수 있는 그 굴다리를 무서워할 리 없었다. 이인도 그랬다. 이인 역시 굴다리가 무서울 리 없었다. 단지 모든 일은 그 굴다리 안에서 일어날 뿐, 아이 중 누구도 반대편으로 나갈 생각을 하지 않았다. 덩굴이 창살처럼 쳐져 있었기 때문에. 이인도 마찬가지였다. 덩굴을 헤치고 건너편으로 갈 생각은, 단 한 번도 해보지 않았다. 굴다리를 바라보던 이인은 고개를 꺾어 하늘을 바라봤다. 짙은 보랏빛이었다.

굴다리 옆에 나나가 있었다. 이인이 나나를 불렀다. 나나는 여전히 새처럼 울었지만, 이인은 나나의 말을 알아들었다. 꿈속이었다. 이것이 꿈이라는 사실이 이인을 편안하게 만들었다. 고통이 느껴지지 않았고, 적당히 따뜻했으며 길에는 사람과 차가 없어 조용했다. 나나와 대화가 통한다는 걸 알게 되자마자 가장 먼저 해야 할 질문이 떠올랐다.

"왜 아직 지구에 있어? 너 말고도 네 다른 동족들도 아직 지구에 숨어 있어?"

나나는 없다고 했다. 이곳에는 나나 혼자 남았다.

"왜?"

돌아가고 싶지 않다고, 마치 집을 나온 아이처럼 말했다.

"하지만 여기는 다른 행성이야."

이인은 이해할 수 없었다. 다른 도시도, 다른 나라도 아닌 다른 행성이었다. 남아 있다는 건 죽음을 택하는 것과 다르지 않았다. 나나는 이곳이 다른 도시나 다른 나라가 아닌 다른 행성이라는 걸 자신도 안다고 했다. 하지만 나나의 행성은 너무 작아 벗어날 곳이 없다. 그곳에선 숨 쉬는 것과 죽은 것이 다르지 않았는데, 이곳에 있다고 한들 특별히 더 괴로울 게 있겠느냐고 말하며 나나는 길가에 핀 들꽃을 꺾었다.

죽더라도 여기에서 죽고 싶었어. 돌아가고 싶지 않았어.

꽃을 쥔 나나는 그렇게 말했다. 이인은 그저 고개를 끄덕였다. 그곳에 있기 싫었다는데, 도망치고 싶었다는데, 거기에 가타부타 자신이 얹어야 할 말은 없는 것 같았다.

"너희만 곁에 있으면 꿈이 이상해져. 너희가 그러는 거야?"

나나는 반은 맞고 반은 틀리다고 대답했다. 두 팔을 벌린 나나는 보랏빛 하늘을 바라보며 이곳은 네 기억 속이라고 대답했다. '그날' 하늘이 이렇게 보라색이었던가. 하지만 이인은 이토록 진한 보랏빛 하늘을 살면서 단 한 번도 본 적이 없었다. 보라색. 그렇다면 그날 이인의 하늘을 뒤덮었던 보라색은 무엇이었던가. 이인은 기억을 곱씹었다. 사인펜으로 칠했던 새끼손톱도 보라색이었고 가방에 달아 둔 털방울도 보라색이었다. 그리고 보라색이 또 무엇이었던가. 이인은 곰곰이 생각하다 입고 있던 치마가 보라색이었던 것을 떠올렸다. 그것들 중 이인의 하늘을 보라색으로 뒤덮을 수 있는 것은….

이인은 한 생각에 골몰하지 않고 곧장 화제를 돌렸다. 지금은 그러고 싶었다.

"너희 종족은 이 행성에 왜 왔어?"

되찾으려고. 이 행성을.

인간이 이 행성에 첫발을 내딛기 훨씬 이전에, 몇 번의 멸망을 거슬러 올라가면 이곳에 그들이 있었다. 그들은 이 행성을 망

쳤고, 그래서 떠났지만 떠났던 곳도 결국 보존하지 못했다. 먹을 것과 자원이 부족해졌다. 그래서 이 행성에 다시 돌아오려고 했는데 이곳에는 이미 새로운 존재가, 그러니까 인간이 있었다. 말이 통하지 않고, 생김새도 다르고, 문명도 다른.

북대서양 그 아래, 그곳이 문명의 중심지였다. 모든 것이 다 떠나도 이 행성은 끝내 흔적을 끌어안는다. 자신들이 떠났어도 이 행성이 그것을 기억하고 있듯, 인간이 사라져도 이 행성은 수 세기 동안 인간의 흔적을 지우지 않을 것이다. 저 거대 항성이 폭발하며 모든 걸 삼킬 때까지. 나나의 말을 믿을 수 없었지만 이인은 진실을 캐묻지 않았다. 그것이 진실이든 아니든 지금은 중요하지 않았다. 중요한 것은 나나가 자신의 꿈에 왔다는 것, 꿈에서는 통증이 느껴지지 않는다는 것, 보랏빛 하늘이 아름답다는 것….

이인은 나나와 함께 걸었다. 길이 어디까지 나 있는지 궁금했지만 걷다 보면 어김없이 굴다리가 나왔다. 자신이 제자리로 돌아오는 것인지 굴다리가 쫓아오는 것인지 이인은 알 수 없었다. 이인은 덩굴이 뒤덮인 굴다리를 쳐다보지 않기 위해 묵묵히 앞만 바라보며 나나의 말을 들었다. 아주 오래전 이 행성에는 말을 하지 않아도 소통할 수 있는 특별한 매개가 있었다. 그것은 서로의 꿈으로, 서로의 생각으로, 서로의 마음으로, 변화하는 모든 생명체와 소통할 수 있는 수단이었다. 하지만 이제 그 매개는 이곳에 없다. 그래서 인간의 말이 소리로 퍼져나가듯 그들의 대화는 안개처럼 뿌옇게 퍼져나간다. 그 안개는 전부 *그것*들의 말이었구나. 이인이 고개를 끄덕이며 걸음을 멈췄다. 숨이 찼고, 힘이 없었다. 강한 허기를 느꼈다. 위가 뒤틀리고 헛구역질이 날만큼의 굶주림이었다.

빛이 보여서 왔어.

나나는 그런 이인에게 별 관심 없다는 듯 말했다.

어두운 새벽에 깜빡이는 빛이 보여서 왔어. 생명은 빛을 따라갈 수밖에 없어. 그 빛이 시초니까. 이 우주의. 그리고 죽지. 생명은 누구나. 하지만 죽음은 두 갈래로 나뉘어 있어. 죽는다는 것과 사라진다는 것. 저 너머에는 뭐가 있어?

나나가 굴다리를 가리켰다. 이인이 굴다리를 주시했다. 검고 어두운 터널을 지나면 그곳에 무엇이 있더라. 매몰됐던 기억은 또다시 차츰차츰 조각을 맞춰갔다. 짙은 보랏빛의 하늘, 그 하늘에 드리워졌던 나무의 뿌리. 바스락거리는 잎사귀들의 대화.

"…뿌리가 하늘로 자라는 나무가 있어, 저기 너머에는."

이인은 그제야 자신의 기억이 밀어두었던 것을 끄집어냈다. 이인은 보라색 치마를 입고 저 굴다리에 들어갔다. 그리고 그 사람을 만났다. 자신의 범행이 들키자 스스로 목숨을 끊어 죗값도 치르지 않고 떠난, 그렇지만 이인의 기억 속에서는 살고 있는 그 사람. 자신의 딸과 닮았다며 이인을 다정하게 끌어안던 그 사람….

살점들이 덩어리째로 떨어지는 기분을 느꼈다. 괴사한 살이 흩어지는 것일까. 아프지 않아서 다행이라는 생각이 들었다. 아프지 않다면 그런대로 살아갈 수 있었으므로. 나나는 돌다리를 지그시 바라보다 고개를 돌렸다. 없애줄까, 하고 물었다. 꿈도 결국 기억이고 기억은 결국 원자가 대물림하는 것이므로 꿈을 지우면 기억도 지울 수 있다는, 나나는 이인이 이해할 수 없는 말을 했다. 이인은 생각했다. 기억을 지우면 행복해질 수 있는가. 기억을 완벽하게 지우기 위해서는 어디서부터 어디까지를 도려내야 할까. 아무리 생각해도 그 경계가 보이지 않았다. 완벽히 지우려면 이인은 자신의 삶을 도려내야 했다. 그것도 꿈에 삶이라고 억척스럽게 들러붙은 것이다. 그것도 삶이라고.

"내 눈에는 그렇게 보였어. 앙상한 뿌리가 하늘로 뻗어 있다고. 참 이상한 곳이라고. 지울 수 없어. 그건 나를 도려내는 일이니까. 이 행성에서 도려내져야 할 건 내가 아니고 그 사람이야."

원하면 언제든 말해. 사라지고 싶다면 이 우주에서 완전히 소멸할 수 있어. 우리는 그렇게 죽어. 바라고 있다면.

이인은 나나를 바라보다 고개를 숙였다. 눈앞에서 흩어지던 벤이 떠올랐다. 원한다면. 사라지는 거였구나. 함께 살아가자 했지만 실은 벤은 사라지고 싶었던 거구나. 살고 싶어서 적에게 목숨을 빌었다고 말했던 그 순간도 결국 잠깐이었던 거구나. 하지만 왜일까. 믿었던 벤이 죽음을 간절히 바랐다는 것을 알게 되었음에도 이인을 벤을 따라가고 싶지 않았다. 죽음과 삶 사이에는 왜 질문을 던질 수 없는 것일까.

사라지고 싶다면 그렇게 해줄 수 있어. 네가 절벽에 오르기를 원해서 도와줬듯이. 내가 이뤄주지는 못했지만 이번에는 확실히 해줄 수 있어. 사라지고 싶다면 내 손에 죽으면 돼.

"원하지 않아."

그럼 죽고 싶어?

"아니, 죽고 싶지 않아."

그럼 살고 싶어?

나나의 질문에 이인은 속이 메스껍고 입안이 꺼끌꺼끌해지는 것을 느꼈다. 누군가 두 손으로 이인의 입을 틀어막은 듯한 답답함을 느꼈다. 하지만 그것을 뚫고 말해야 했다.

"어."

여전히 살고 싶었다.

"나는 살고 싶어."

그럼에도 불구하고 삶을 지키고 싶었다. 꿋꿋하게 살아가리

라. 잠에서 깨면 이인은 다시 절벽을 오를 것이다.

그렇지만 너는 죽어가고 있는걸.

"아니. 살 수 있어. 나는 살 거야."

어떻게?

이인은 이제 알 것 같았다. 나나가 이 행성에 남은 이유를, 이인이 내뿜는 빛을 보고 찾아온 이유를, 나나를 발견하고도 방아쇠를 당기지 않은 이유를, 죽어야 할 생명체가 살고 있으므로, 살고 싶다는 욕망이 지구의 흐름을 뒤틀며 나나를 이곳에 데리고 온 것이다. 이인을 살리기 위해. 이인이 나나를 바라보며 입을 열었다.

눈을 떴다. 여전히 절벽이 보였고, 파도 소리가 들렸다. 손가락 하나 까딱할 수 없었다. 숨 쉬는 것만이 유일하게 할 수 있는 일이었다. 하지만 서서히 걷히는 안개가 보였다. 근처를 배회하다 멀어지는 발소리. 이인은 감각이 사라진 입술을 움직이며, 혓바닥을 천장에 붙였다 떨어트렸다.

딱-

희미하고 미약한 소리가 퍼졌다. 저 멀리서 아주 희미하고 미약한, 새의 울음소리가 들려왔다.

이인은 버텼다.

늘 그렇듯이 덤덤하게.

린이 항공편을 앞당기기 위해 항공사와 통화하고 있는 사이, 이인은 가방에서 초콜릿 바 두 개를 꺼내 창틀 위에 올려 두었다. 벤을 기리기 위해서는 이제 시간이나 공간의 제약이 필요 없었다. 하지만 벤은 이곳에서만 추억하고 말 생각이었다. 한국에까지 벤을 데리고 갈 마음이 들지 않았다. 결국 이것 역시 살아 있는 사람의 자기 위안이겠지만.

5월 27일, 이인은 조난된 지 일주일 만에 구조되었다. 이인의 심장박동이 점점 멎어가며 죽음이 덥석 발을 물어왔을 때 저 멀리서 헬리콥터 소리가 들렸다. 그 안에는 러시아군과 린이 타고 있었다. 이인은 그들을 보자마자 울음이 나왔고, 웃음이 나왔고 욕이 튀어나왔다. '빨리도 찾는다, 새끼들아'라고. 어찌 됐건 중요한 건 이인이 또 버텼다는 것이다. 이를 악물고 절벽을 오르듯이, 누군가 이곳에 올 때까지 이인은 끈질기게 삶을 붙잡고 있었다. 포르투갈 병원에서 치료받는 동안 린이 옆을 지켰다. 린은 한국에 도착하자마자 연락되지 않는 이인이 불안했고, 며칠은 바쁠 거라 생각하며 기다렸지만 끝내 나흘째 되던 날 버티지 못하고 러시아 측에 연락을 취했다. 러시아군이 이인의 생사를 알 리 없었다. 그저 며칠 전부터 부대에 없다는 말만 했을 것이다.

처음에는 괜찮을 거라 생각했지만 불안은 시간이 지날수록 커졌다. 린은 어쩌면 이인이 죽기 위해 떠났을지도 모른다고 생각했다. 이 현장에서는 이인을 도와줄 사람도, 찾아 줄 사람도 없었다. 린은 그렇게 다시 포르투갈로 날아왔다. 이인이 없는 컨테이너에서 하루를 묵었을 때, 린은 이인의 꿈을 꾸었다고 했다. 안개가 유독 자욱했던 새벽, 꿈에서 이인은 피를 잔뜩 흘린 채 해변에 누워서, 새 울음 같은 소리를 내며 울고 있었다고. 그것은 기이했지만 꼭 진짜 같았고, 무언가가 보내는 경고 같았다. 린은 기적이라고 말했다. 이인은 동의하지 않았다. 모든 건 짜여 있었다. 이 행성이 이인을 살리기 위해.

항공사와 통화를 끝마친 린이 다가와 이인의 짐을 대신 들었다. 이인은 초콜릿 바 두 개를 창틀에 올려 두고 몸을 틀었다. 린이 이인을 부축하려 했지만 이인은 그런 린의 호의를 거절한 채 묵묵히 걸었다. 괴사가 진행됐던 두 다리 중 왼쪽은 살리지 못했다. 이인의 왼쪽 다리는 의족이 대신했다. 이인은 앞을 향해 천천히 나아가며 나나에게 건넸던 마지막 말을 떠올렸다. 나나는 약속을 지켰다. 이제 이인이 나나와의 약속을 지킬 차례였다. 살기 위해 자신의 행성을 버린 존재와의 약속.

네가 나가서 사람들의 꿈을 찾아가. 내가 위험하다는 걸 알려.

그다음에는 어디로든 가. 내가 이 행성에 침입자가 있다는 걸
비밀로 해줄게. 영원히.

이 행성은 괴롭고 끔찍하지만, 그럭저럭 살 만하거든.

이제 이인에게는 그 사람이 보이지 않았다. 대신 언제 어디서
나 새소리를 들었다.

요람 행성

박해울

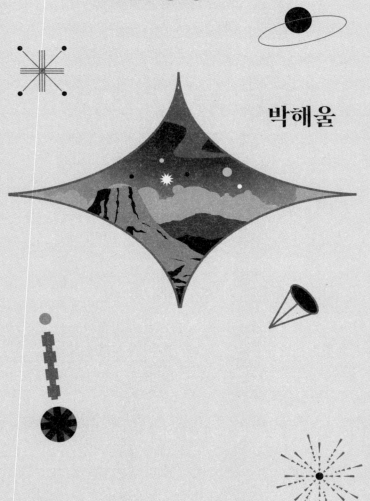

수현은 귀환선을 몰고 '요람 행성'에 도착했다. 리진이 지구를 떠난 지 30년 만이었다. 전면 창밖에 하늘과 황무지를 가르는 지평선이 보였다. 지구에 도착한 듯한 기분이 들었다. 눈앞에 펼쳐진 풍광을 천천히 둘러보려고 한 순간, 외부 환경을 분석 중이라는 새 메시지 창과 로딩 막대가 시야를 가로막았다. 그는 잠자코 기다렸다. 잠시 후, 새로운 붉은 글자로 메시지가 떠올랐다.

호흡 시 대기 조성 부적합. 헬멧 착용 요망.

해치 옆의 선반이 열렸다. 수현은 자리에서 일어나 헬멧을 쓰고 호스로 연결된 필터를 허리춤에 장착했다. '요람 프로젝트'가 순조롭게 진행됐다면 지금쯤 헬멧 없이 호흡할 수 있어야 했다. 서서히 열리는 해치에서 서늘한 바람이 불어왔다.

수현은 가져온 바이크에 시동을 걸었다. 헬멧은 자동으로 대기 조성을 감지하여 호흡을 도왔다. 그는 눈을 감고 숨을 깊게

들이마시며 마음속으로 수도 없이 되뇌었던 말을 입 밖으로 꺼내어 보았다. '한음사'는, 아니 인류는 요람 프로젝트를 포기했어요. 테라포밍은 끝났어요, 엄마.

고요하고 구름 한 점 없는 날씨였다. 착륙장은 작았고 활주로의 표면은 거칠었다. 한눈으로 보아도 이곳저곳 손보지 않은 태가 났다. 표면의 갈라진 틈 사이로 자라난 토착 식물이 까맣게 무성했다.

수현은 바람을 맞으며 리진의 생활공간이 있는 본부 건물을 향해 내리막길을 달렸다. 손톱만 하게 보이는 건물 너머로, 검은 풀이 만발한 들판이 내려다보였다. 바람이 풀잎을 흩트릴 때, 언뜻언뜻 짙은 고동색의 반짝이는 빛이 일었다. 그리고 새카만 수풀 틈새에서도 용케 살아남은 연초록빛 '론'의 잎이 기묘한 조화를 이루며 출렁였다. 그 풀숲 사이에 이주민의 생활을 위해 만들어진 돔 몇 개와 돔을 잇는 터널이 보였다. 돔 옆에 있는 크레인 모양의 거대한 3D프린터는 날카로운 끄트머리를 하늘 쪽으로 들고 정지 상태로 우뚝 서 있었다. 지평선 너머엔 살짝 솟아 있는 산이 보였다.

웃자란 검은 풀숲에 구릿빛 '정화 차량'들이 녹슨 채로 멈춰서 있었다. 이곳은 한음사의 예측 보고서나 수현이 예상한 행성의 모습과는 너무도 달랐다. 그는 리진이 살았던 본부를 향해 걸음을 재촉했다.

본부 창틀에는 새카만 더께가 앉아 있었다. 방 안은 살풍경했다. 한 번도 사용하지 않은 것처럼, 가구도 집기도 제자리에 놓여 있었다. 개인실의 침대도, 욕실도, 탁상도, 작업복이 여러 벌 걸린 옷장도 마찬가지였다. 창문에서 쏟아진 빛만이 복도 바닥에 눈부신 사각형을 새길 뿐이었다.

지하 차고는 어두컴컴했다. 수현이 벽을 더듬어 스위치를 누르자 천장 등이 켜졌다. 안쪽에서부터 환풍기가 돌아가는 소리가 메아리쳤다. 한쪽 벽에 설치된 큰 스크린이 환하게 떠오르며 메시지를 내보냈다.

지구화 40퍼센트/목표량 미달. 분발하세요

이윽고 행성 전체 지도가 나타났다. 바다 위의 커다란 배처럼, 대양 위에 대륙 하나가 보였다. 수현은 제어반의 홀로그램을 터치하며 살펴보다가 한 지점에서 눈을 떼지 못했다. 정화 차량의 상태와 움직임이 보였다. 수많은 검은 점이 땅 위에 흩뿌려져 있었다. 그중 단 한 개의 점만이 초록빛으로 켜져 있었다.

　그는 다른 데이터가 없는지 살펴보았다. 문서 하나가 남겨져 있었다. 작성자는 리진이었다. 글의 내용은 다음과 같다.

　이 글을 읽는 사람이 있을까. 내가 어떻게 됐는지 궁금해하는 사람이 있을까. 여기까지 와서 데이터를 뒤져 이 글을 읽을 사람은 없으리라. 나는 희망을 걸지 않는다. 그럼에도 기록한다. 이것이 내가 여기 있었다는 처음이자 마지막 기록이 될 것이므로.

　지구에서 살 때, 행성 이주에 관한 뉴스를 자주 보았다. 오염되지 않은 행성이 지구인을 기다리고, 인류는 타고난 개척정신으로 우주를 항행하여 희망을 만들어낼 거라고 했다.

　회사에서 계약서를 쓰고 나오던 길에 보았던, 건물 전체를 감싸고 있던 현수막을 기억한다. 한음사의 유니폼을 입고, 눈을 빛내며 하늘을 올려다보는, 미소 짓는 개척자의 모습을.

　나는 지도에서 사라진 동쪽 작은 나라의 외딴 바닷가 마을에서 태어났다. 우리 마을 앞바다에서는 명태가 많이 잡혔다. 언젠가부터 갑자기 명태가 사라지며 오징어가 잡히더니, 결국엔 그물에 아무런 물고기도 잡히지 않았다. 그다음에는 물이 땅을 삼

컸다. 사람들은 고향을 잃고 난민이 되었다.

엄마는 평생 해오던 어부 일을 그만두자, 이름 모를 병에 걸려 쇠약해졌다. 그렇다고 마을에 언제까지고 붙어 있을 수는 없었다. 부모님과 나와 동생은 우리를 받아줄 도시로 가는 보트를 타기로 했다. 언제 침몰해도 이상하지 않은 허름하고 낡은 보트였다. 아빠는 나와 동생에게 주의를 주었다. 무슨 일이 있어도 절대 보트에서 내려선 안 된다고.

정해진 날이 다가왔다. 브로커가 돈을 받고 우리 가족을 태웠다. 보트에는 두려움 섞인 땀 냄새만 풍길 뿐이었다. 모든 것이 침묵에 잠겨 있었다. 그러나 국경 수비대가 우리를 쫓자, 승객들은 보트가 가벼워야 도주하기 쉽다며 우왕좌왕했다. 그들은 무거운 짐부터 바다에 버리기 시작했고, 상황이 나아지지 않자 급기야는 꼭 필요한 작은 짐마저 모조리 내던졌다. 그 와중에 승객 한 명이 아빠가 품속에 안고 있던 가방을 빼앗아 보트 밖으로 집어 던졌다. 그 가방엔 엄마가 꼬박꼬박 챙겨 먹어야 하는 약과 하나뿐인 가족 앨범이 들어 있었다. 시커먼 바다에 가방이 위태롭게 떠 있는 것을 본 아빠는 나를 바라보며 그가 할 수 있는 최대한으로 다정하게 말했다. 금방 쫓아갈게. 알겠지? 그에게는 남을 탓하며 분개할 시간조차 없었다.

그리고 내가 그를 보았을 때, 그는 시커먼 바다에 몸을 던진

후였다. 수면 위로 허우적대는 팔과 가방이 보였다가 사라지기를 반복했고, 결국엔 아무것도 보이지 않게 됐다. 동생이 소리를 질렀고, 내가 그 애의 입을 틀어막았다. 엄마는 그를 구하기 위해 바다에 뛰어들려 했다가 저지당했다. 그 후 엄마는 사람들에게 도와달라고 사정하다 결국엔 쓰러졌다. 가방을 던진 사람은 머리를 감싸 쥐며 그가 뛰어내릴 줄은 몰랐다고 말했다.

승객들은 나와 시선이 마주치는 것을 꺼렸다. 위로의 말을 건네는 이도, 대신 울어주는 사람도 없었다. 나는 아빠가 사라진 수면을 바라보았다. 그리고 '무슨 일이 있어도 절대 보트에서 내려선 안 돼'라고 되뇌며 엄마를 살폈다.

우리가 도착한 해변은 그 나라 사람들의 근사한 휴양지로 알려져 있었다. 하지만 내가 기억하는 거라곤 동생의 부드럽고 작은 손의 감촉과 있는 힘을 다해 정신을 붙들고 있는 엄마의 불안한 숨, 팔과 다리에 잔뜩 붙은 고운 모래와 흰 조개껍데기, 그리고 입 주변을 기어 다니는 파리들뿐이었다.

영원할 것 같았던 캠프 생활도 아주 잠시였다. 엄마는 캠프에 도착한 지 얼마 되지 않아 숨을 거두었고, 나와 동생은 추위와 더위 속에서 반 뼘씩 더 컸다.

우리는 캠프 생활을 마무리하고 어렵사리 도시로 이주했다. 나는 고작 10대 후반에 불과했으나 배울 수 있는 것은 뭐든지 열심히 배웠다. 그렇지만 나는 지금도 그 도시의 언어에 익숙하지 않다. 사람들과 도시의 언어로 대화를 주고받았지만, 나는 아직도 사라진 마을의 언어로 사고한다. 더듬더듬, 내가 아는 도시의 어휘로 번역하여 간신히 말이 통하도록 할 뿐.

그러니 말을 주로 하는 직종을 선택하긴 어려웠다. 유일하게 적성에 맞다 싶은 것이 쓰레기차 운전이어서 이 일을 시작했다. 월급은 입에 간신히 풀칠할 수준이었다. 그 와중에 내 배 속에 아이가 자라고 있다는 것을 알았다. 주변 사람들이 만류했지만, 아이를 낳았다. 한 생명을 키우는 일은 고됐지만 나와 함께하는 소중한 이가 하나 더 생긴다는 건 좋았다. 그렇게 우리 셋은 가족이 되었다.

변변한 학교도 제대로 졸업하지 못했지만 성실하고 머리가 좋다는 말을 종종 들었다. 틈틈이 도서관에서 책을 빌려 읽기도 했다.

바쁜 와중에도 시간을 쪼개 차량 정비 자격증을 취득했다. 일을 하나라도 더 따내기 위해서였다. 그러자 일거리를 알아보기도 전에 직업소개소 사장이 나에게 딱 맞는 일이 있다고 연락해 왔다. 쓰레기차 운전 경력도 꽤 되고, 차량 정비 자격증도 있잖아. 요람 프로젝트에 지원한다면 당신은 어마어마한 돈을 벌 수 있을 거야. 그의 말에 나는 망설임 없이 면접을 보았다.

한음사의 면접관은 이렇게 말했다. 당신은 지구 시간 기준으로 30년간 쓰레기차를 개조한 자율 주행 정화 차량 1만 대를 관리해야 합니다. 당신의 업무는 이 차가 제대로 가동하는지 확인하고, 고장 난 차가 있으면 정비하는 일이에요. 물론 그 일만 있는 건 아니고, 당신도 배정받은 정화 차량을 몰며 일을 할 겁니다. 행성 이주민들이 쓸 생활관이 지어지고 있거든요. 그곳의 건설 폐기물을 치워야 해요. 불량 앰플도 매립지에 내다 버리고요. 쉬운 일이 아니라는 건 우리도 알아요. 후각 감퇴 시술은 쓰레기 처리업소에서 이미 받으셨군요. 그러면 우울 경감과 활력 징후 임플란트를 무상으로 시술해드리겠습니다. 잘됐어요. 굉장히 젊은 분이시네요. 몸도 건강하고요.

실제로 혼자 일하는 기간은 5년 남짓이에요. 그 시간만 견디면 제3차 계획이 시작되어 지구 동물의 배아와 동료들이 갈 거예요. 1차 계획은 이미 시작됐어요. 기계와 건물과 정화 차량을 만들 3D프린터를 미리 보내어 가동 중이에요. 2차 계획은 당신이 행성에 직접 가서 본격적으로 정화 차량의 활동을 모니터링하는 거죠. 3차 계획을 준비하는 겁니다.

나는 고개를 끄덕였다. 저도 한 가지 부탁드리고 싶은 게 있어요. 나중에, 행성이 지구화되면 저와 제 동생과 아이의 이주권을 주세요. 그러자 면접관은 흔쾌히 계약서에 조항을 넣어주겠다고 했다.

나는 낯선 항성이 만들어내는 노을을 보았다. 기온은 서늘했고, 헬멧은 답답했다. 모든 것이 어색했다. 등에 멘 배낭이 무거웠지만 오랜만에 탁 트인 곳에서 볕을 쬐고 있자니 축축했던 마음이 천천히 말라가는 기분이었다.

지평선에서 이쪽으로 드리워진 긴 그림자가 느릿하게 움직이고 있었다. 정화 차량의 행렬이 집중선처럼 보였다.

뒤를 돌아 다른 쪽 들판을 바라보았다. 이미 줄지어 자라고 있는 론의 연초록빛 물결이 넘실거리고 있었다. 살아 있는 생명이 바람에 흔들리는 순간은 한동안 넋을 놓고 볼 만큼 아름다웠다. 이곳이 약속의 땅처럼 여겨졌다. 지구 이후에 인류가 살아가야 할 곳이 이곳, 요람 행성이라는 것을 의심할 수 없을 정도였다. 나는 동생과 딸이 구김 없는 하얀 옷을 입고 초록 들판에서 춤추는 상상을 했다.

본부에 도착하여 짐을 풀었다. 간단한 옷가지와 개인 소지품을 서랍에 정리했다. 배낭 바깥에 한 번도 열어보지 않은 주머니가 불룩하게 튀어나와 있었다. 열어보니, 거기에는 새 명함 케이스가 있었다. '수석 폐기물 처리사/정화 차량 수리사'라는 직함 아래 내 이름이 새겨져 있었다. 명함을 나눠줄 만한 상대도 없는데. 어이가 없어 웃으면서도 손가락으로 그 명함을 가만히 쓸어

보았다. 내 이름이 새겨진 명함을 가져보는 것은 처음 있는 일이었으므로.

차고 한쪽에는 거대한 기계 장치가 쉴 새 없이 돌아가며 앰플을 찍어내고 있었다. 손가락 한 마디 정도 크기의, 말랑한 영양제처럼 생긴 황금빛 앰플에는 지구와 흡사한 대기 조성을 돕는 유전자 조작 식물 '론'과, 론을 키워낼 생장 촉진제가 들어 있었다. 앰플은 그 자체로 하나의 씨앗처럼 보였다. 재출발을 기다리는 차량 몇 대가 천장 호스에서 쏟아지는 앰플을 받고 있었다.

스크린에는 땅과 대기의 지구화가 5퍼센트 진척되었다고 쓰여 있었다. 차고 구석에 내가 탈 정화 차량이 있었다. 뒤에 있는 트레일러의 절반에는 쓰레기가 담겨 있었고, 나머지 절반에는 앰플이 가득 실려 있었다. 전체적인 외형은 쓰레기차와 다를 바 없었지만, 차 앞면에는 장애물을 치우는 한 쌍의 기계 팔과 웃자란 풀을 잘라내는 칼날, 그리고 큰 갈퀴 모양의 앰플 식립 장치가 달려 있었다. 론은 대기 조성에 특화된 식물이었지만, 파종이 까다롭고 싹을 틔우기가 어려웠다. 그래서 이처럼 인위적인 방법이 아니면 키우기 힘들다고 했다.

차의 뒤꽁무니에는 지구의 여느 쓰레기차처럼 쓰레기를 수거할 수 있는 기계 팔과 쓰레받기 역할을 하는 경사로와 커다란 트레일러가 달려 있었다.

운전석에 앉아 시동을 걸었다. 진동과 소음이 고막을 가득 채우자 기묘한 안정감이 찾아왔다. 내가 있어야 할 곳에 돌아온 것 같은 기분이었다. 수동 운전을 택하여 액셀러레이터를 밟았다. 본부 뒤쪽에는 생활관을 만들고 남은 건설 폐기물이 모여 있었다. 나는 폐기물을 한데 모았다. 지구에서 했던 일보다 쉬웠다. 폐기물이 보이면 차량은, "폐기물 발생. 수거 작업을 시작합니다"라고 말했다. 일련의 과정은 전자동이어서 쓰레기만 쏟아지지 않게 조심하면 되었다.

나는 내비게이션을 쓰레기 매립지 쪽으로 설정했다. 대륙 대부분의 구역에는 쓰레기 매립지가 따로 없어, 폐기물들을 적당히 모아 놓지만, 본부를 기준으로 반경 수 킬로미터 안은 이주민들이 주로 사용할 구역이기 때문에 깨끗해야 하므로 별도의 매립지가 있다고 했다.

지구에서는 항상 밤에 쓰레기차를 몰았기 때문에 한낮의 운전은 몹시 낯설었다. 매립지로 가는 길에 토착 식물들이 보였다. 억센 줄기와 거친 잎사귀를 가진 다양한 식물이 곳곳에 널려 있었다. 지구에서 자라는 식물과 형태는 비슷했지만, 대부분이 고동색이거나 검은빛에 가까웠다.

식물 군락 위에는 흰 서리가 앉아 있었다. 잠시 겨울 아침의 감상에 젖었다. 하지만 좀 이상했다. 서늘한 기온이긴 하지만 서리나 눈이 내릴 정도로 춥지는 않았다. 가까이 다가가 보니, 그 것은 서리가 아니라 곰팡이였다.

그제야 지금까지 보지 못했던 게 보이기 시작했다. 참새만 한 새 한 마리가 수풀 속에서 붉은 배를 드러내놓고 죽어 있었다. 죽은 새 쪽으로 다가가려고 발을 디뎠을 때, 물컹한 감각이 느껴졌다. 같은 종류의 새 떼 수십 마리가 눈을 뜬 채로 싸늘하게 굳어 있었다.

근처 우물을 살펴보았다. 손바닥만 한 보랏빛 물고기 떼가 썩은 물 위로 둥둥 떠 있었다. 다리 없이 배로 기는 생물, 다리가 많은 생물도 모두 반쯤 흙에 덮여 부패하고 있었다. 긴 회색 털과 발굽을 가진 동물과 토끼와 비슷하게 생긴 흰 동물 몇 마리는 축 늘어져 있었는데, 한 마리는 마지막 숨이 붙어 있었는지 새된 비명을 두어 번 내지르다가 숨을 헐떡이며 두 눈의 빛을 잃었다.

여기에 토착 생물이 살고 있다는 말은 들은 적이 없다. 회사에서는 그런 말을 해 주지 않았다. 그때 뒤에 있던 차량에서 음성이 들려왔다. "폐기물 발생. 수거 작업을 시작합니다."

차량 뒤에서 기계 팔이 뻗어 나와 죽은 새 떼를 무자비하게 쓸어 담았다. 청소가 끝나자 차는, 다시 매립지로 가야 한다고 건조하게 말했다. 이곳에 정화 차량이 있는 이유는 건설 폐기물이

나 앰플을 깨끗하게 치우기 위해서가 아니었다. 이곳에 살고 있다가 갑자기 변화된 세상에 적응하지 못하고 죽어버린 생물을 치우는 게 내 진짜 일이었다.

마음속에서 비아냥대는 소리가 들려온다. 리진, 너는 10년 넘게 도시의 쓰레기를 치워왔잖아. 맞다. 화려하게 빛나는 도시 뒤에는 언제나 악취를 풍기는 더러운 쓰레기가 넘쳐났다. 너는 그걸 누구보다도 잘 알고 있었잖아. 이제 와서 이러는 이유가 뭐야? 나는 속으로 대답했다. 글쎄. 잘 모르겠어. 지구 밖이니까, 여기는 새 땅이라고 했으니까, 뭔가 다를 거라고 생각한 것 같아.

피가 식는 기분이었다. 차에 올라타자마자 전면 창에 곧바로 운전자 컨디션 저하 경고가 뜨더니, 자동 운전 모드가 실행되었다.

매립지는 더 처참했다. 내가 그곳에서 무언가 해야 했다면 아마도 나는 나 자신을 견디지 못했을 것이다. 매립지 안을 정리하는 정화 차량이 땅을 파고 대기하면, 밖에서 온 차량이 사체를 쏟아부었다. 개중에는 아직 살아서 마지막 숨을 내쉬는 생물도 있었다. 기계 장치는 두려움 섞인 울음을 감지하여 부패 용액을 공중에 흩뿌렸다. 액체가 땅으로 내려앉기도 전에 정적이 깔렸다.

그날 저녁, 샤워실에서 살갗이 벗겨질 때까지 몸을 씻었다. 샤워기에서 뿜어져 나오는 물이 적갈색 침출수가 아닌지 손바닥에 물을 받아 몇 번이고 확인하고 냄새를 맡았다.

나는 한음사에 이곳에 생물이 있을 뿐만 아니라 떼죽음을 당하고 있다고 스크린을 통하여 메시지를 보냈다. 여기엔 지구처럼 풀도, 새도, 물고기도 있고요, 다들 소리 지르며 죽어가요. 그러다가 신입 사원 연수 때 들었던 말을 떠올렸다. 정확히 기억나진 않지만 이런 말이었다. 행성의 모든 일은 '알아서' 판단하고 처리해야 한다고. 지구랑은 다르다고. 스스로 관리자 의식을 가지고 단호하게 결정해야 한다고.

가만히 있어봤자 정화 차량은 끊임없이 일하고 론은 자란다. 론이 대륙을 뒤덮을 때 비로소 이 행성은 사람이 살 수 있는 곳으로 변모한다. 이곳은 지구가 된다. 나는 아무것도 막을 수 없다. 나는 한낱 1인분의 인간에 불과하다. 하지만 그럴 거면, 나는 왜 여기 있는 걸까.

내가 가장 잘하고, 유일하게 할 수 있는 건 쓰레기차를 모는 일이다. 남이 쓰다 버린, 필요 없어졌거나 싫증 난 물건을 모아 매립지로 향하는 일 말이다.

생각해보면, 지금까지 나는 죽음에 익숙한 삶을 살아왔다. 어릴 적 털이 복슬복슬한 강아지를 키우고 싶었지만, 그 소원이 이루어진 적은 없었다. 고향은 통째로 사라지고, 부모님을 잃었다. 눈치 보고, 도망치고, 마음 졸이는 게 일상이었다. 하지만 내게는 사랑하는 사람들이 있었다. 단지 그들을 행복하게 해주고 싶었다.

일의 보람은 돈 버는 것에만 있는 게 아니었다. 새벽에 쓰레기차 일을 마무리하면, 동이 틀 때쯤 말끔해진 도시 구석구석에 일출의 빛이 내려앉는다. 나는 입김을 뿜어내며 차량 난간에 몸을 기대고 그 풍경을 보았다. 그게 좋았다. 노곤해진 몸을 이끌고 집으로 돌아갈 때, 깨끗한 인도 위로 하루를 시작하는 인파를 거슬러 올라갈 때, 뿌듯함을 느꼈다.

하지만 지금은 공허할 뿐이었다.

본부에 돌아와 보니 회사가 간추려서 보내는 지구의 뉴스 단신과 가족의 메시지가 와 있었다. 그래도 세상과 아예 단절되지 않았다는 생각에 안도감이 들었다.

동생과 딸은 여전히 치안이 나쁜 도시 외곽 지대에 살고 있지만, 이제는 레토르트 음식 대신 신선한 채소와 과일을 먹는다고 했다. 딸은 이제 학교에 갈 때가 되었겠지. 동생은 얼마 전에 딸에게 장래 희망을 물어보았다고 한다. 딸은 우주 먼 곳까지 모험하는 용감한 비행사가 되고 싶다고 말했단다. 나는 그 애에게 장래 희망이 있다는 게 좋았다. 전부 언니 덕분이야. 미안하고 고마워. 동생은 항상 그런 말을 했다.

몇 자 되지 않는 텍스트와 이미지가, 내게는 그 어떤 것과도 비교할 수 없이 소중했다. 나는 동생에게 잘 지내고 있으니 걱정하지 말라고 하며, 론이 자라는 들판을 촬영하여 보냈다. 벅찬 마음이 최대한 천천히 사그라들기를 바라며 아무도 없는 생활관에 들어가 한동안 고개를 무릎에 파묻고 앉아 있었다.

가족의 얼굴을 떠올렸다. 그날도, 그다음 날도 계속 일하기로 했다. 나는 생각했다. 나는 그저 폐기물을 깨끗이 치우는 일을 할 뿐이라고. 부패하는 물질이 널려 있으면 응당 치워야 한다고.

회사에서 정해준 마지막 일과는 매립지를 둘러보는 것이었다. 가족들에게서 메시지가 온 날 이후로 매립지에 갈 때마다 땅에 묻는 것들을 보지 않으려고 애썼다.

이 행성에서의 첫 1년이 지나갔다. 내가 회사에 보낸 메시지의 답장은 끝내 오지 않았다. 수신함에는 새로운 계약서가 와 있었다. 나는 이주권에 관한 조항을 확인하고, 서명했다. 요람 행성은 점점 더 지구와 가깝게 변해갔다. 이 무렵, 스크린에서는 지구화가 12퍼센트 정도 진행되었다는 메시지가 떴던 것 같다.

차량은 워낙 튼튼하게 설계된 데다, 자체 수리 기능이 있어서 내가 손봐야 할 부분은 거의 없었다. 때로는 드물게, 본부에서 꽤 멀리 나가야 할 때도 있었다. 이따금 차량을 수리해야 할 때면, 고장 신호를 보낸 차 근처로 갔다. 차는 사람인 나를 인식하고 일시 정지했다. 차를 다루는 일은 어렵지 않았다.

매립은 계속되었다. 일부러 가족들만 생각했다. 혹시 지구에서 생활하는데 돈이 모자라지는 않을까. 매립지를 둘러보되, 너무 자세히는 보지 않으려고 노력했다. 나도 잘 알고 있었다. 내가 나 자신을 속이고 있다는 걸.

매립지 안에서 생물의 사체를 발견했다. 그것은 인간보다 몸집이 살짝 작았는데, 발에는 말처럼 발굽이 있었고 두 손에는 사람 손처럼 손가락과 지문이 있었다. 피부는 검고 거칠었으며 머리는 염소와 흡사했다. 죽은 생물은 매립을 기다리고 있는 다른 사체와 함께 있어야 했지만, 웬일인지 차량이 드나드는 길 위에 덩그러니 놓여 있었다. 그것이 혼자서 움직였을 리 없었다. 이미 오래전에 공격당해 군데군데 살이 뜯기고 벌레가 들끓고 있었기 때문이었다.

CCTV를 확인했다. 바로 어젯밤, 이 생물보다 몸집이 조금 더 크고 털이 덥수룩한 짐승이 이 생물을 질질 끌고 가다가, 매립지의 감시탑 불빛을 보자 그것을 내려놓고 재빨리 달아났다. 그들은 언젠가 책에서 봤던 설인雪人과 비슷했다. 짐승의 도주 방향은 이제 막 개간을 시작한 서쪽 숲이었다.

다음 날, 알람 소리에 눈을 떴다. 숲에서 앰플을 심을 예정이었던 차량 두 대가 간밤에 고장 났다는 신호가 왔다. 나는 숲으로 향했다. 숲의 초입에 덥수룩한 털, 날카로운 이빨과 뿔을 가진 짐승이 쓰러져 있어서, 어제 보았던 짐승과 관련이 있지 않을까 생각했다.

진창에 처박힌 차는 흙탕물을 주변의 나무와 잎에 흩뿌리고 있었다. 차체는 멀쩡했지만 보기보다 진창에 깊게 빠졌는지 자체 수리 시스템으로 해결하기엔 무리인 듯했다. 차체 표면에 공격받은 흔적은 없었다. 나는 차 문을 열었다. 거기에는 누군가가 일부러 집요하게 쑤셔 넣은 것처럼 모든 틈새에 나뭇가지와 자갈이 잔뜩 들어 있었다. 나는 그것들을 헤치고 최대한 정리한 후 가까스로 운전석에 앉아 시동을 다시 걸었다. 차를 진창에서 빼내고 땀을 닦으며 어제 보았던 염소 머리 생물과 설인을 떠올렸지만, 주변은 인기척 하나 없었다. "청소가 완료되었습니다." 정화 차량의 음성이 정적을 깼다.

트레일러의 뚜껑을 열었다. 그 안에는 설인 다섯 마리가 웅크리고 있었다. 털 밖으로 삐져나온 손바닥에 자갈 몇 개가 붙어 있었다. 차마 그들을 만질 자신이 없어 뚜껑을 닫고 내 차량 뒤를 따라 달리도록 했다.

"알아서 처리하셔야 합니다"라는 말이 귓가에 쟁쟁했다. '알아서' 한다고? 뭘 아는데? 태어나서 여기 올 때까지 줄곧 지구에서 살았지만, 나는 지구에 대해서도 어느 하나 자세히 아는 바가 없다. 그런 내가 이 행성에서 벌어지는 일을 어떻게 알고 무슨

수로 알아서 해야 한다는 말인가?

관자놀이를 꾹 누르며 생각했다. 누군가 정화 차량을 일부러 고장 낸 걸까? 그렇다면 그 누군가는 정화 차량이 숲을 파괴하고 있다는 것을 아는 것일 테다.

본부에 가보니 동생으로부터 메시지가 와 있었다. 메시지가 와 있다는 사실이 너무도 귀하게 느껴졌다.

언니. 지구 기후가 나빠졌어. 부자들이 도시 주변에 돔을 지었어. 우리는 돔 안에 들어가지 못했어. 도시 주변의 숲도 벽과 돔을 만든다고 다 벌목됐어. 왜 인간은 무언가를 만들기 위해서 다른 무언가를 파괴하는 걸까.

도시 외곽에 모여 살던 허름한 집들은 이제 없어. 우리는 캠프 때처럼 지정된 보호구역으로 이주해야 한대. 그래도 괜찮을 거야. 너무 걱정하지 마. 죽을 뻔한 적이 많았어도 지금까지 살아남았잖아?

메시지를 써 내려가는 동생의 얼굴을 생각해보려고 했지만 잘 떠오르지 않았다. 예전에는 사진 없이도 생생히 그릴 수 있었는데, 이제는 사진을 본 직후에도 머릿속에 희뿌옇게 안개가 긴 듯 동생의 모습을 상상하기 어려웠다. 우리는 같은 하늘에 있지 않다. 우리 사이에는 시차가 존재한다. 동생이 사진을 보내고, 그

걸 내가 받아서 열어보는 시간까지의 간극은 누구도 어쩌지 못한다. 동생의 현재 모습은 알 방법이 없다. 이상했다. 예전에는 그저 보내오는 사진도 메시지도 마냥 좋았는데, 왜 이럴까. 나는 손으로 제 뺨을 때렸다.

지구의 끝이 다가오고 있다. 살 곳은 점점 줄어든다. 지구인들은 이 행성이 필요하다. 이곳에서 열심히 일해서 돈을 버는 건 부차적인 문제일 뿐이다. 테라포밍에 성공해야 한다. 매립지와 서쪽 숲에서 있던 일은 잊어버리기로 했다. 이곳에 생물이 살지 않았다면 좋았으련만, 세상은 내가 원하는 대로 돌아가지만은 않는다.

이다음부터 얼마간은 기억이 나지 않는다. 그저 시키는 대로 일만 한 것 같다. 차량이 제대로 업무를 수행하는지 확인하고, 고장난 차가 있으면 정비했다. 더는 폐기물과 사체를 구분하지 않기로 했다.

확인, 정비, 운전, 매립, 확인, 정비, 운전, 매립, 확인, 정비, 운전, 매립, 확인, 정비, 운전, 매립, 확인, 정비, 운전, 매립, 확인, 정비, 운전, 매립….

일은 끝없이 생겼다.

하루도 쉬지 않고 일했다.

숲은 점점 줄어들고, 검은 물결의 들판이 연초록빛으로 물들었다.

아무도 따지 않은 썩은 과일이 떨어지듯이, 큰 짐승이 쿵 소리를 내며 생명을 다한다. 썩은 과일은 운이 좋으면 그 안의 씨앗이 싹을 틔울 수도 있겠지만, 짐승은 그것으로 종말을 맞는다. 구더기가 들끓고 날벌레가 춤을 춘다. 시냇물은 점점 탁해지고 검은 잎은 누렇게 말라간다. 거의 눈에 보이지 않는 생물에서부터, 나보다 더 큰 생물까지 차례대로 세상을 뜬다. 생물들이 죽을 때마다 내 정신도 가장자리부터 까맣게 타들어 간다.

머리를 비우니 시간도 빨리 가더군. 회사에 보냈던 메시지의 답장도 기대하지 않게 되었다.

어느 날 저녁 무렵이었다. 무거운 몸을 이끌고 본부에 도착했다. 눕고 싶은 생각이 간절했다. 회사에서 메시지가 와 있었다. 5년 차 갱신 계약서였다. 벌써 다섯 해를 이곳에서 보냈다는 것이 믿기지 않았다.

이전 계약서와 같은 내용이라는 본문 문구를 믿고 거침없이 서명하자마자 화면은 재빨리 닫혔다. 나는 침대로 풀썩 쓰러져 몸을 웅크렸다가, 잊고 있었던 게 생각나 급히 몸을 일으켰다. 이상하네. 5년이 될 때, 배아를 싣고 동료들이 온다고 했는데, 왜 아무 소식도 없는 거지?

새로 온 뉴스 단신을 확인했다. 난민들이 사는 구역에 테러가 발생했다. 거주지가 몽땅 불탔다. 실종자를 수색했지만, 생존자는 없다고 보고되었다. 돔 안에 거주하는 난민 혐오자의 방화였다. 그는 경찰에 연행돼 두 팔을 결박당했음에도 자기가 한 일이 자랑스럽다고 지껄였다. 고개를 숙이지도 않았다. 심장이 쿵 내려앉았다.

가족들이 걱정되어 메시지를 몇 통이나 보냈다. 회사 측에도 가족들의 생사 확인을 바라는 메시지를 보냈다. 제발 이것만이라도 답해줬으면 하는 심정이었다.

만약에 가족들이 죽는다면 이 계획은 전부 어떻게 되는 거지? 나는 서둘러 계약서를 꺼내어 보았다. 1년 차와 2년 차, 3년 차 재계약 때는 계약서에 이주권 보장 조항이 쓰여 있었는데, 조금 전에 서명한 5년 차 계약서엔 그 부분만 쏙 빠져 있었다.

메시지는 오지 않았다. 살아 있겠지? 살아 있을 거야. 지구에서 보내온 뉴스 단신을 수없이 반복해서 보았다. 불구덩이에서 뛰쳐나오는 사람들의 얼굴을 하나하나 가족들의 얼굴과 비교했다. 영상의 화질이 그리 좋지 않아 그들과 닮은 얼굴이 보일 때마다 철렁한 감각과 함께 나락으로 떨어지는 듯했다. 뉴스 보도는 짤막했다. 지구에서도 그리 대수롭지 않은 뉴스였는지, 아니면 회사가 주요 뉴스가 아니라고 생각해서 편집하고 보냈는지는 알 수 없었다. 나에게는 그 뉴스가 아주 중요했는데.

제정신으로 일상을 유지하기 위해서는 다시 일에 집중해야만 했다. 나는 다시 운전대 앞에 앉았다. 그러나 내 앞에 펼쳐진 끝 없는 지평선을 보자마자 고개를 들 자신이 없어졌다. 지평선은 영원히 끝나지 않을 듯 뻗어 있었다. 머리를 운전대에 푹 파묻었다. 자동으로 운전을 시작한다는 음성이 들렸다. 나는 차를 완전 수동으로 설정한 뒤, 아무것도 하지 않았다.

난민 혐오로 일어난 방화였다면, 돔 안에 있던 사람들은 공격 받지 않았겠지. 오히려 눈엣가시처럼 여기던 난민들이 불에 타 죽는 것을 보며 잘됐다고 할지도 모를 일이다. 돔 안의 거주민 가운데는 언젠가 이곳으로 이주할 사람들도 있을 것이다. 동족 을 죽이는 멍청한 지구인들을 여기로 실어 나른다고?

나는 핸들을 있는 힘껏 내려쳤다. 가족들이 이곳에 이주해봤 자, 이런 일이 또 일어날지도 모른다. 지금까지 쉬지 않고 일했 지만, 이제는 이 일을 계속할 수 없었다. 머리가 아프고 숨을 쉬기 힘들었다. 우울 경감 임플란트의 효과도 한계에 다다른 듯했다.

나는 한동안 본부에서 먹지도 자지도 않고 이불 속에만 틀어 박혀 있었다. 아무도 날 찾지 않았다. 마음이 헛헛해지자 웃음이 나왔다. 내가 여기 있다는 거, 아무도 모르는구나. 날 잊어버리더니 이제 이 행성도 잊어버렸구나.

물을 마시지 못해 정신을 잃기 직전, 알람이 울렸다. 회사였다. 이제는 지금까지 내가 보낸 메시지의 답을 들어야 할 차례였다. 정신을 가다듬고 열람 버튼을 눌렀다.

지금도 나는 이때 받은 메시지의 내용과 순서를 모조리 외울 수 있다. 총 네 통의 메시지가 와 있었다. 첫 번째, 3차 계획이 지연되고 있으므로 지시가 있을 때까지 대기하라고 했다. 두 번째, 나의 활동량이 오랜 시간 동안 0이니, 이유를 메시지로 보내라고 했다. 세 번째, 프로젝트에 투입된 이래로 활력 징후가 최저이니, 사유서를 송부하라고 했다. 네 번째는 컨디션 회복에 돌입하라는 명령이었다.

회사는 활력 징후 임플란트를 통해 항상 내 상태를 확인하고 있었다. 그런데도 나의 질문에 답을 주지 않았다. 어떤 질문도 하지 말고, 그저 닥치고 일만 하라는 건가. 애초에 나를 이곳으로 보낸 이유는 뭐였던가? 이곳에서 인간이 생존할 수 있는지 알아보려고 나를 보낸 것인가. 이 메시지를 받고 어렴풋이 깨달았다. 나는 그저 실험실의 쥐 같은 건가.

숨이 가빠졌다. 본부의 벽이 점점 가까워지며 사방에서 내 몸을 조여오는 듯했다. 떨어지지 않는 발을 애써 떼어 밖으로 나갔다. 사체에서 풍기는 악취가 대기 중에 섞여 있었다. 아무리 멀리 가봤자, 당장 이 땅에서 벗어날 수는 없었다.

나는 정처 없이 비틀거리며 론이 자라는 들판을 가로질러 걸었다. 여린 초록 잎사귀가 발밑에 짓이겨졌지만, 신경 쓸 겨를이 없었다.

정신을 차리고 보니 서쪽 숲이었다. 해가 저물 무렵이었다. 숲은 금방이라도 땅거미를 드리울 듯 어두워졌다. 몸이 으슬으슬했다. 정화 차량이 움직이며 나뭇잎을 밟는 소리가 들려왔다. 뿌리를 드러내고 기울어진 나무와 아직 그대로 남아 있는 짐승의 몸통에 다리가 걸려 넘어지기도 했다.

이름 모를 짐승의 울음소리가 들렸다. 소리가 들리는 곳으로 가니 설인들이 떼 지어 모여 있었다. 나는 나무 뒤에 숨어 잠자코 그들을 보았다. 그들은 울부짖기도 했고, 때로는 둥둥 울리는 북과 같은 소리를 내기도 했다. 그들이 하나둘씩 털가죽을 벗었다. 그들은 원래부터 털을 가진 생물이 아니라, 다른 생물에게서 취한 털가죽을 둘러쓰고 있었다. 털가죽을 벗은 그들은 매립지에 죽어 있었던 염소 머리 생물이었다.

상황을 좀 더 정확히 확인하기 위해 나는 앞서 있는 나무 뒤로 걸음을 옮겼다. 그들은 땅을 파고 사체를 묻었다. 그 옆에 함께 묻을 부장품도 몇 가지 있었다.

그제야 깨달았다. 설인들이 쓰레기장에 출몰했던 이유를. 그들은 염소 머리 생물을 잡아먹으려고 한 것이 아니라 동족의 시신을 수습하기 위해 나타난 것이었다. 그들은 장례를 치러주기 위하여 매립지까지 왔다. 그들이 모인 광경이 엄숙했다느니, 그들이 어떤 표정을 짓고 무슨 의식을 치렀느니 하는 이야기는 덧붙이고 싶지 않다. 나는 그때 그들의 표정을 전혀 읽을 수 없었다. 그들은 모여서 울부짖었을 뿐이다. 그것이 애도의 의미인지, 아니면 다른 무언가인지 알 수는 없었다. 그들의 언어를 해석할 수 없었다. 그들에게 나는 철저한 이방인일 따름이었으므로. 내 귀에는 그 울음이 슬프게 들렸지만, 나는 아직도 그 울음의 의미를 모른다. 숲에서 분명하게 안 사실은, 그들에게도 그들만의 생이 있었다는 것이다.

그날 이후로 나는 매립지에 가서 서쪽 숲 염소 머리 생물의 사체를 차량의 트레일러에 모았다. 그리고 사체의 일부분을 취하여 스크린에 데이터 분석을 요청한 후 숲으로 가서 그들이 모였던 곳에 사체를 다시 놔두었다. 며칠 후 그곳을 다시 찾으면, 사체는 언제나 흔적도 없이 사라져 있었다.

나는 그들의 생활을 관찰하러 자주 숲으로 갔다. 숲은 외곽부터 조금씩 론에게 갉아 먹히고 있었다. 나무와 잎에 서리 같은 흰 곰팡이가 뒤덮였다. 식물을 먹고 사는 동물들도 하나둘씩 시름시름 앓고 숨을 거뒀다. 정화 차량은 점점 줄어드는 숲속을 헤집고 돌아다녔다.

그러다 어느 날엔 정화 차가 염소 머리 생물들의 거처로 가는 것을 보았다. 그들은 거처로 돌진하는 차량을 보고 돌과 나뭇가지를 던지며 한 대를 고장 내는 데 성공했다. 하지만 그들의 수에 비해 차량은 너무 많았다. 한 마리가 차에 치이기 직전, 나는 반사적으로 검은 풀숲에서 뛰어나와 정화 차량 앞을 막아섰다. 차가 나를 인식하고 멈추었다. 나는 그 틈에 차에 올라타 버튼을 누른 후 영구 정지 명령어를 입력했다. 차는 곧 멈췄다. 회사가 왜 멀쩡한 차량을 정지시켰냐고 메시지를 보낼까 봐 걱정했지만, 아무 일도 일어나지 않았다.

그날 이후, 그들은 나를 보러 본부로 왔다. 서른 마리가량의 그들은 미동도 없이 나란히 서서, 창문으로 나를 지켜보았다. 표정을 읽을 수도 없고, 무슨 말을 걸어오지도 않고, 본부 가까이 오지도 않았다. 그들 서로는 의사소통을 하는 듯했다. 그러나 나는 그들이 무엇을 원하는지 알 수 없었다. 나는 몇 번 그들에게 말을 걸어보았지만, 그들은 그저 소리 없이 나를 바라볼 뿐이었다. 그들의 언어와 나의 언어는 전혀 달랐다. 하지만 이제 나는 그들이 이곳에 있다는 것을 안다.

그 후로도 그들은 계속 나를 찾아왔다. 어느 날은 열다섯, 그 다음 날은 열셋이 왔다. 그다음엔 여섯이었다. 시간이 흐를수록 그들의 수는 줄어들었다. 왜소하고 약한 개체들부터 사라져갔다.

이제 지구에서는 아무 소식도 들려오지 않았다. 가족들의 메시지도, 뉴스 단신도 없었다. 이제는 며칠 동안 일을 하지 않아도, 상태를 보고하라는 메시지조차 오지 않았다.

샤워실에 들어서서 창밖을 보았다. 그들은 이제 둘밖에 남지 않았다. 나는 물을 틀기 전 세면대 거울에 비친 내 얼굴을 보았다. 볕을 쬐며 정신없이 일하다 보니 어느새 내 얼굴엔 주름이 잔뜩 져 있었다. 그 모습이 한없이 낯설게만 보였다. 여기에 막 도착했을 때 내 얼굴은 어떠했던가, 기억이 나지 않았다.

중력이 주름을 만드는 거라면, 이 주름의 대부분은 이 행성의 중력이 만든 거다. 여기 있는 동안 나는 정직하게 나이를 먹었다. 이제 지구에 나를 기다리고 있는 사람은 없다. 누가 날 기억해주지? 나를 아는 존재가 이 세상에 아무도 없다는 두려움이 밀려온다. 내 옆에 누가 있었더라? 나 외의 타인도 좀처럼 이해할 수 없는데, 내가 이 생물을 이해한다고 하면 거짓말이겠지. 하지만 그들은 내 곁에 있었다. 동족을 위해 장례를 치러주는 종족이.

나는 지하로 내려가서 스크린을 마주했다. 스크린에게 저 생물을 살리려면 어떻게 해야 하는 거냐고 질문했다. 그러자 텍스트가 새겨졌다.

대기 성분이 바뀌어, 토착 생물 생존이 어려워질 전망입니다.
해당 생물은 약한 개체부터 폐사하고 있지만,
프로젝트가 완성되면 그들은 곧 멸종됩니다.

이 상황을 막으려면 어떻게 해야 하냐고 스크린에게 되물었다. 스크린이 정화 차량을 제어하고 있는 게 아닌가. 그렇다면 정지 명령만 내리면 되는 것 아닌가. 그러자 텍스트가 새겨졌다.

본 컴퓨터는 제어 권한이 없습니다.
변화를 막는 것은 거의 불가능합니다.
테라포밍에 착수한 순간부터는 돌이킬 수 없습니다.

거의 불가능하다는 건, 완전히 불가능한 건 아니라는 거잖아. 스크린이 다시 텍스트를 내보냈다. 한 건의 검색 결과가 떠올랐다. 그 결과는 다소 놀라웠다. 지금부터 움직이는 정화 차량을 전부 정지시키면 가능할 수도 있다고 스크린은 말하고 있었다.

단, 25년간, 하루도 쉬지 않고 매일 하루의 절반을 꼬박 노동한다는 가정하에서였다. 그렇게 하면 비록 테라포밍 이전으로 돌아갈 순 없지만, 최소 40퍼센트에서 지구화를 멈추는 것은 가능하다고 했다.

나는 처음엔 정화 차량을 고치기 위해 여기 왔다. 그러나 이젠, 내가 해야 할 다른 일이 생겼다. 영화 속 주인공이라면 컴퓨터에 명령어를 입력하여 한 번에 차량을 모두 정지시키고 극적인 해피엔딩을 맞겠지. 유감스럽게도 현실은 그렇게 녹록치 않다. 아니면 내가 이 이야기의 주인공이 아닐지도.

내가 아는 거라곤 쓰레기차 운전과 차량 수리뿐이다. 내겐 아직 두 손이 있다. 내가 할 수 있는 일이 없다고 생각하고 외면해왔지만, 사실은 나만이 할 수 있는 일이 있었다.

솔직히 말하자면 두렵다. 나의 결정이 어떤 결과를 불러일으킬지 알 수 없기 때문이다. 이 대륙에서 일하는 모든 차량을? 대륙을 돌아다니면서 계속? 그런 일을 내가 할 수 있을까. 하지만 할 수 있는 일은 그것뿐이었다.

그래서 나는 그렇게 했다. 처음엔 죄책감도 들었다. 이래도 되는 걸까? 그렇지만 아무리 정화 차를 정지시켜도 회사에서는 메시지가 오지 않았다. 이제 나는 답장을 기다리지도 않고, 귀환을 기대하지도 않는다. 본부와 멀어지게 되면서부터는, 본부에 있던 식량 합성 장치를 가져와 멀고 먼 원정을 떠났다.

정화 차량과 요람 행성은 오델로 게임을 하고 있다. 들판과 숲의 색이 엎치락뒤치락 바뀐다. 그 사이에서 나는 매일 차량을 정지하는 데 매진하고 있다. 환상인지 현실인지 모르겠지만 가끔 염소 머리를 한 생물들이 저편에서 나를 지켜보고 있는 듯하다.

행성의 꽃이 피었다가 지고, 또 나무가 울창해졌다가 우수수 흩날린다. 이 땅도 미약하게나마 지구처럼 계절이 있다. 행성을 이리저리 떠돌며, 본부 주변과는 전혀 다른 지형도 보았다. 끝을 모르는 협곡, 식생이 전혀 다른 고원, 색색의 바다 같은 호수도 있었다. 그리고 그곳에는 예외 없이 한 번도 만나보지 못한 동물과 식물들이 죽어 있었다.

처음 이곳에 왔을 때, 나는 론의 편이었으나 이제는 반대다. 아니다. '론의 편'이라는 말은 이상하다. 론에게 무슨 자아가 있고 의지가 있겠는가? 론은 인간에 의해 만들어진 식물일 뿐인데.

이것이 요람 행성에서 있었던 일의 전부다. 괴물의 습격이나 거대한 재난은 없었다.

이 글은 내가 대륙의 남쪽에 있을 때 썼다. 내가 이곳에 온 지 얼마나 되었는지도 모르겠다. 지금까지 셀 수 없을 만큼 많은 수의 정화 차량을 정지시켰다. 정지한 정화 차량을 보면 상당히 복잡한 기분이 든다. 그리고 후회한다. 조금이라도 빨리 시작할걸. 염소 머리 생물을 만나기 전에, 다른 생물이 죽은 것을 보고 바로 결정할걸. 너무 늦었나. 내가 헛된 일을 하는 건 아닐까?

만약에 누군가 이 기록을 보고 있다면 그 사람은 과연 누구일까? 어쨌든 반가워요. 이것만 알아줬으면 해요. 여기에 사람이 있었어요. 좋아요, 좋아. 당신이 누구라도 좋다. 대신 내 부탁을 들어줬으면 한다. 이 일을 모두 끝마치면 나는 본부에 돌아가 내 차를 정지시킬 것이다. 그리고 목욕을 하고 차를 마실 것이다. 하지만 그러지 못할 수도 있다. 건강이 많이 나빠졌다. 나는 혼자고, 정화 차량은 너무도 많다. 계속 싸우지만, 끝이 보이지 않는다.

불안과 분노가 나를 안쪽에서부터 좀먹었다. 나이가 들어서 그런 건가? 아니면 앰플 속 생장 촉진제 성분이 건강에 악영향을 끼쳤을지도. 어쩌면 나는 이미 현실과 비현실을 구분하는 능력을 잃었거나, 죽어서 혼만 둥둥 떠다니며 기계에 저주를 거는 원혼일지도 모른다.

내 죽음은 아무도 모르리라. 내가 이곳에 살았던 것을 아무도 모르는 것처럼. 그러니까, 나와 상관없이 이 세계는 돌아간다.

나는 고향을 잃은 난민이었고, 쓰레기 차량 운전사이자 정비사로 이곳에 도착했다. 회사는 나를 개척자라고 불렀다. 하지만

이 행성의 입장에서 나는 파괴자였다. 또한 회사 입장에서 나는 프로젝트를 그르친 사원이다. 하지만 이 행성의 멸절할 뻔한 생물들은 조금이라도 목숨을 구하지 않았을까. 부디 그랬기를 바란다. 여기에서 죽으면 동생과 딸을 만날 수 있을까.

목숨이 끝날 때까지 차량을 정지시키려 하는데, 얼마나 할 수 있을지 모르겠다. 앞으로 혼자 다 처리할 수 있으면 다행이지만 내가 죽어서도 차량이 여전히 남아 있다면 이 글을 읽은 사람이 남은 정화 차량을 정지해주었으면 한다. 방법은 다음과 같다.

---

1. 가동하고 있는 정화 차에 가까이 다가가면, 차는 인간을 인식하고 멈춘다.
2. 운전석에 올라타서 초록, 파랑, 빨강 버튼을 차례대로 누른다. 그러면 바로 차량이 일시적으로 멈춘다. (비상 정지 램프 확인)
3. '영구 정지 명령어'를 운전석의 화면에 입력한다. (별도 링크 참조)
4. 외부 오류 램프가 붉게 점멸하다가 완전히 꺼진 것을 확인하면 ok.

수현은 스크린에서 마지막 정화 차량이 있는 곳을 찾았다. 본부에 올 때 보았던 지평선 쪽의 먼 곳이었다. 그는 위치 데이터

를 다운로드했다.

마지막으로 수현은 스크린을 다시 확인했다.

지구화 40퍼센트/목표량 미달. 분발하세요

그는 씁쓸한 미소를 지었다. 그 수치는 그가 목표량에 미달했음을 보여주는 지표가 아니었다. 그것은 리진의 노력을 증명하기에 충분한 숫자였다.

밖으로 나가 도착 지점을 설정하고 시동을 걸었다. 토착 식물이 무성하게 자라난 들판과 강가를 내달렸다. 군데군데 론이 자라서 성공적으로 안착한 곳들도 보였다.

언젠가 어떤 어른이 되고 싶냐고 이모가 물었을 때 수현은 '엄마를 가장 빨리 만날 수 있는 사람이 되고 싶어'라고 답했었다. 그러자 이모가 말했다. 그러면 우주선 조종사가 되면 좋겠네. 그 대답은 수현이 이곳에 도착할 수 있는 원동력이 되었다.

한음사는 사업 초반 시기를 제외하고 리진의 소식을 제대로 알려주지 않았다. 사업의 경과나 진척에 관한 설명 없이, 리진의 생사를 알려주지도 않고 다짜고짜 사망 보상금만을 지급하겠다는 무책임한 기업과 싸우는 것은 무의미했다.

착륙장에서 보았던 지평선 쪽의 산이 가까워졌다. 그것은 평원에 불쑥 솟은 산이 아니라 쓰레기가 산처럼 쌓인 곳이었다. 검은 덩굴과 풀이 자라 그 위를 수북하게 덮고 있었다.

그는 손으로 덩굴을 헤쳤다. 위쪽에는 덩굴이, 바닥에는 론이 자라 두 식물이 뒤엉켜 있었다. 매듭을 풀기 까다로웠다. 잠시 후 녹슨 구릿빛 차체가 드러났다. 차량은 덩굴에 묶여 꼼짝도 하지 못한 채 오류 알람만 반복하고 있었다. 수현은 차량에 탑승하여 리진이 남겨놓은 대로 정지 명령어를 입력했다. 외부 램프가 붉게 점멸하다 완전히 꺼졌다. 그것이 끝이었다.

일을 마치고 차 안을 살폈다. 리진은 거기 없었다. 대신 조수석 발치에 빛바랜 유니폼 상의가 놓여 있었다. 그는 먼지도 털지 않고 두 손으로 유니폼을 만지다가, 주머니에 무엇인가 들어 있는 것을 느꼈다. 지퍼를 열고 보니 거기에는 명함 하나가 있었다. 거기엔 수석 폐기물 처리사이자 정화 차량 수리사 리진의 이름이 새겨져 있었다.

리진이 매일같이 앉아 있었던 그 자리는 미지근했다. 햇볕이 적당히 자리를 데웠지만, 서늘한 날씨 탓인지 그렇게 따뜻하지도 않았다. 그는 리진이 보았을 풍경을 응시했다. 넘실거리는 검은 물결 저 멀리, 그가 말했던 숲이 보이는 듯도 했다. 그는 그들이 거기 살아 있기를 마음속으로 바랐다.

그때, 수현은 똑똑히 들었다. 저 멀리서 들려오는 울음과 둥둥 울리는 북소리를.

그는 중얼거렸다.

"어떻게 헛된 일을 했다고 말할 수 있겠어요?"

무주지

박문영

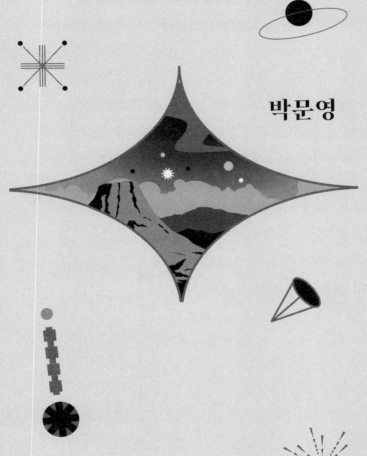

연음은 공중에서 세 사람을 내려다보고 있었다. 아이 둘이 요람 속의 한 아기를 쳐다보는 중이었다. 좁은 방은 을씨년스러웠고 창가의 새벽빛도 맥없이 어른거렸다. 목덜미에 찬 기운이 느껴졌다. 기정은 보이지 않았다. 아기는 오래 울었는지 얼굴이 흙빛이었고 요람 앞 아이들의 청회색 등은 축 처져 있었다. 어서 들어 안아. 아기 등과 머리통을 다독여야 할 거 아냐. 연음은 그들을 이해할 수 없었다. 오줌을 쌌는지, 배가 고픈지, 열이 나는지 빨리 확인해야 했다. 왜 그렇게 멍하게 서 있어. 애가 뭘 잘못 삼킨 거 아니야? 손발까지 뒤트는데.

"왜 우니, 괜찮아."

아기에게 다가가던 연음은 곁의 두 아이를 보고 멈춰 섰다. 거기 서 있는 둘은 어린 자신 그리고 자신만큼 어린 기정이었다. 키가 작고 어깨도 좁았지만 틀림없었다. 둘의 볼은 눈물로 흠뻑 젖어 있었다. 고작해야 일곱 살 정도로 보였다.

"괜찮아, 괜찮아."

연음은 우선 요람으로 시선을 돌렸다. 아기가 기다렸다는 듯

두 손을 뻗었다. 연음은 잠깐 숨을 멈췄다. 그와 기정이 기른 첫 아이 도영이었다. 연음을 본 도영이 울음을 그치고 웃었다. 그때, 도영의 좁쌀만 했던 아랫니가 순식간에 길어졌다. 광대뼈와 머리털이 무섭게 자라났다. 창문에 실금이 가는 듯하더니 곧 유리 파편이 쏟아졌다. 비바람과 습기가 피부를 에워쌌다.

"애착은 생물학적 양육자가 없는 환경에서도 이어질 수 있으며 애착을 주는 이들의 수도 늘릴 수 있습니다. 무주지는 그 조건을 수정한 최초의 공간입니다."

잡음이 점점 심해졌다. 어디선가 들어본 말 같았다.

"우리는 분리를 통해 질서를 만들어왔습니다. 닮았다, 닮지 않았다. 낯익다, 낯설다. 가깝다, 멀다. 이런 비교는 간단하죠. 필수 불가결해 보이는 분류이기도 하고요. 하지만 인간은 그렇게 무언가와 경계를 그으면서 불행에 휩싸였습니다. 더 중요한 존재와 덜 중요한 존재의 차이가 뭘까요? 나와 다를수록 나쁘고 싫다는 느낌은 언제부터 받게 되나요? 바로 영유아 때부터입니다. 원하든 원치 않든 우리는 일정한 대상과 애정을 공유하면서부터 비교를 시작합니다. 의식과 무의식을 사용해 우위를 정합니다. 선과 악, 나의 진영과 너의 진영, 세상의 온갖 이분법. 이 개념은 비극의 서막이 되었습니다."

꿈속의 좁은 방은 금세 부서졌다. 연음의 얼굴이 일그러졌다. 우리가 우는 아이를, 도영이를 어떻게 가만히 쳐다보고만 있었지? 연음의 이마에 생긴 주름이 하나둘 지워졌다. 그저 산만한 악몽이었다. 연음과 기정에게 어린 시절은 없었고 도영과 헤어진 건 아주 오래전 일이었으니까.

수면 상태에서 해제된 연음은 캡슐 앞에서 한참 허우적대다 몸을 일으켰다. 골반과 등뼈가 쑤셨다. 구역질을 하고 전신을 닦아냈지만 눈이 여전히 시렸다. 검고 조용한 우주, 라는 말은 너무 우아했다. 실체를 마주하자 정신을 놓고 싶었다. 한동안 알파 센타우리와 흡사한 환경부터 판이한 환경까지 시뮬레이션했지만, 지금은 그 훈련이 가소롭고 무력하게만 느껴졌다. 어차피 짧은 연습이었다. 그는 탐사선의 둥근 창을 다시 바라보았다. 선체가 소형이라 창 폭도 아주 넓진 않았다. 어두운 땅 위엔 기이한 주름이 가득했다. 마치 수만 개의 밧줄이 늘어져 있는 것 같았다. 실눈을 뜨자 땅거죽은 노인의 피부처럼 보이기도 했다.

연음은 캡슐 속의 기정을 발견했다. 27분 후면 그도 수면 상태에서 해제될 것이다. 이상하게 반갑지 않았다. 젖은 몸 때문일까. 쇠약해진 신경 탓일까. 근 손실을 최대한 방지한다는 전극 패치도 알약도 소용없는 것 같았다. 불길한 예감이 들었다. 연음은 거울 앞에 섰다. 오른쪽 목덜미의 표식이 눈에 띄었다. 잎사귀 세 개가 포개진 형태의 인장이었다. 안도감과 고단함이 동시에 몰려왔다.

"이치를 알고자 할수록 선해진다. 선해진 자는 이치를 더 알 수 없다. 우리는 대체재가 아니다. 모두가 대체재다. 존재는 죽는다. 존재는 이어진다. 완전한 윤리는 완전한 고립."

연음은 혼잣말로 '열린 강령' 서문을 읊었다. 강령은 무주지의 양육 전담 클론들이 세상에 나온 14세부터 외우는 잠언이었다. 짝과 함께 한 문장씩 강독해야 했지만, 지금 연음은 방해 없이 심신을 다스리고 싶었다. 그는 팔다리를 서서히 움직였다. 이제 차분히 조사를 시작하면 된다.

선내 계측기 앞에 선 연음은 벌어진 입을 손으로 막았다. 말도 안 되는 숫자가 보였다. 알파 센타우리까지는 3년 2개월이 걸릴 예정이었지만, 계측기에는 4년 1개월이 표시되어 있었다. 이 숫자대로라면 목적지 바깥 행성에 불시착한 것이다.

연음은 연료 수치를 확인했다. 양은 넉넉해 보이기도, 턱없이 부족해 보이기도 했다. 되돌아갈 수 있을지 가늠이 되지 않았다. 저장된 식료품도 마찬가지였다. 목표 지점과 다른 이 행성은 지구에서 관측되지 않은 곳이었다. 어떻게 이탈 신호를 못 알아챘지? 궤도가 어디서부터 어긋났지? 우리가 왜 죽지 않았지? 질문이 넘쳐났다. 패드를 누르는 자신의 손등이 처음 보는 사람의 것처럼 낯설었다. 조작법을 전부 잊어버린 듯했다. 아무것도 식별할 수 없었다. 인공지능의 음성만 침착했다. 한마디만 들어도 머릿속으로 다음 구절을 이어갈 수 있었다. 지구에서 수없이 들은 말이었다.

"무주지는 말 그대로 주인 없는 평등한 땅입니다. 우리는 이곳에서 비극에 발 들이지 않을 새로운 아이들을 길러냅니다. 그들은 이 세상을 더 나은 곳으로 만들 수 있습니다. 기존의 시스템으로는 아이들을 온전히 보호할 수 없습니다. 우리는 인간이 겪는 고통의 근본 원인을 소유욕, 정확히는 독점 관계로 봅니다. 애착과 공감을 정확히 일컫는 말은 사실 선별적 애착, 선별적 공감입니다. 특별히 사랑하는 대상이 생기면 우리는 반드시 누군가를 밀어내고 맙니다. '내' 아이, '내' 연인, '내' 가족, '내' 국가, '내' 신. 이 한정적인 상호작용은 우리의 시야를 좁히고 변화를 막습니다."

연음은 뒤를 돌아봤다. 아직 자고 있는 기정이 보였다. 그가 깨어나 화를 내기 시작하면 상황이 더 복잡해질 듯했다. 지금은 기정이 캡슐 안에서 얼빠진 얼굴로 잠들어 있는 편이 나았다.

"반응한다. 위로한다. 방지한다."

연음은 수트를 입으며 중얼거렸다. 호흡이 가빠질수록 익숙한 말, 몸에 새기고 새긴 말이 필요했다. 양육 수칙은 다행히 길었다. 그는 헬멧을 쓴 뒤에도 입을 부지런히 움직였다. 되뇔 수 있는 문장이 일종의 보호복 같았다.

연음은 밖으로 나섰다. 걸음이 묵직했다. 중력이 강하게 느껴졌다. 기온은 낮은 것 같았다. 이곳은 지구보다 거대한 암석 행성일 것이다. 멀리 잿빛 갈대 같은 식물이 시야에 들어왔다. 언덕은 그 뒤편에 있었다. 창에서는 보이지 않던 곳이었다. 그는 가슴 위에 손을 올렸다. 생태계가 형성되어 있다. 어떤 역사를 거쳤든 여기는 지구와 교집합이 있다. 코끝이 아렸다. 지각 활동이 있었다는 사실을 알게 된 이후로 숨을 고르게 쉴 수 있었다.

연음은 구릉 위에 처박힌 탐사선을 살펴보았다. 얼핏 봐도 심각한 손상은 없었다. 선상 겉면에 생긴 약간의 흠집, 엔진 주변에 붙은 작은 철가루가 전부였다. 잘못 떨어진 상황에 비하면 기적이라 해도 좋을 상처였다. 행성의 흙은 무르고 연했다. 탐사선 귀퉁이를 쓸어내리던 연음이 발밑을 내려다봤다. 아까 본 땅의 주름들이었다. 자세히 보니 표면에 반복되는 문양이 있었다. 일정한 방향의 빗금, 집요할 정도로 빼곡한 무늬. 누군가 아니, 아니, 라고 그어내린 듯한 기호들. 잠잠해 보이지만 어딘지 음산한 땅이었다. 그는 고개를 저었다. 자의적인 해석은 아무 도움도 안 될 것이다. 연음은 탐사선 입구에 섰다. 혼자 말고 둘이서 답을 찾아야 했다.

기정은 단백질 쿠키를 씹고 있었다. 입가에 묻은 흰 가루를 털지도 않은 채였다. 연음은 그에게 쿠키를 대체 몇 개째 먹고 있는 건지 물으려다 말았다. 불시착 사실을 알면 기정이 흥분할 수도 있었다. 상냥해야 했다. 충분히 포용할 수 있었다. 연음은 온화하지만 무성의한 미소를 지었다.

기정은 그의 말을 듣는 둥 마는 둥 했다. 이미 상황을 파악한 걸까. 두통을 참고 있는 건지, 무덤덤한 건지 알 수 없었다. 의자에서 일어난 기정이 인중을 긁었다.

"그러니까 망했다는 소리네. 신호도 멈추고, 반응도 없고."

그가 패드를 누르자 진단 중, 이라는 글자가 나타났다가 사라졌다. 이어서 녹음된 목소리가 흘러나왔다.

"문을 여세요. 인간에겐 더 다양한 선택지와 혼란이 주어져야 합니다. 우리는 더 실패하고 방황해야 합니다. 가장 아끼는 것에서 멀어지세요. 사랑하는 대상을 늘려나가세요. 누구의 것도 되지 마세요. 무주지의 아이, 친구, 연인은 언제까지나 복수형입니다."

"지겨워 죽겠네."

기정이 대놓고 한숨을 쉬었다. 그가 점점 예민해지고 있었다. 연음이 아랫입술을 깨물었다. 자신도 겁이 나긴 마찬가지였다. 이런 상황에서 아이처럼 구는 기정을 보니 갑갑했다. 연음은 팔짱을 풀고 말했다.

"그래도 최악은 아니야. 갈대숲이랑 언덕을 봤다니까? 지구보다 큰 이곳에 생태계가 있다고. 물, 산소, 기후, 자기장, 자전축. 우리가 생존 조건을 더 알아내면…."

"장비도 안 챙기고 무턱대고 혼자 나가서 뭘 본 건지는 모르겠는데, 여긴 극한 생물만 살 수도 있어. 그런 암석 행성은 흔해.

제대로 도착했어야 구조 신호도 보내지. 너랑 추측해봤자 다 무슨 소용이야."

부주의, 공격성, 냉소. 연음은 그의 태도를 전부 지적하고 싶었다. 그동안 뭘 익힌 거냐고 다그치고도 싶었다. 그들은 프로젝트에 자발적으로 참여했고 조건에 함께 동의했다. 무엇보다 4년간의 양육을 온전히 마친 건 기정이었고, 도영과 중도에 헤어져야 했던 건 연음이었다. 평정심을 더 잘 유지해야 하는 사람은 그였다. 그러나 기정은 늘 불만이 많았다. 지금도, 성계 탐사 시뮬레이션 때도, 아이를 기르는 동안에도.

"알파 센타우리는 방사능과 적외선 때문에 더 살기 힘들지도 몰라. 모든 게 소독된 땅이야. 어쩌면 여기로 온 게 더 나을 수도 있어. 행성을 새로 발견했으니 같이 기록하고…."

"행성이고 뭐고 몸이 부서질 것 같아. 봐봐, 쌍성이 왜 저 멀리 서쪽에 있는데. 억지도 정도껏 부려야지. 새로 발견해? 조건을 알아내? 아무도 몰랐던 곳이니까 들떠야 하나?"

"그렇게 비꼬지 마. 아무도 예상 못 했던 일이잖아."

"아니, 이것도 예상했겠지. 애초에 안드로이드를 안 쓰고 우릴 보낸 이유가 이거였어. 너도, 나도 클론이니까."

초라하고 뻔한 말이었다. 연음은 눈을 감았다. 눈을 뜨면 그를 미워하게 될 것 같았다. 연음은 낮은 목소리로 답했다.

"우리가 살던 곳은 지구에서 그나마 가장 진보된 구역이었어. 그래도 우린 아이를 만질 수 있었잖아. 볼을 맞대고 손발을 어루만질 수 있었잖아."

"그래서 고마워해야 해? 너나 나나 살아봤자 몇 년을 사는데? 정신 차려. 우리는 아이도 집도 뺏긴 거야. 우주 곳곳에 수명까지 내다 버리면서."

선내가 고요해졌다. 기정은 탐사선 천장을 노려보았다. 안내 음성이 가장 크게 나오는 곳이었다.

"일부일처제는 인류가 발명한 여러 제도 중에서도 유독 엉성하며 형편없는 임시적 관계망입니다. 소유욕에서 불거진 수많은 불운, 셀 수도 없는 치정 사건. 우리가 거쳐온 폭력의 상당 부분은 이렇게 만들어진 공포를 근원으로 두고 있습니다. 친자 확인 절차를 떠올려보세요. 그 과정은 왜 끔찍할까요. 반드시 내 아이여야 한다, 대를 잇는 아이는 내 유전자를 지니고 있어야 한다. 왜 그래야 하죠? 우리는 묻고 싶습니다. 왜 하필 당신의 유전자가 세상에 남아야 할까요? 그 특질이 독보적으로 고유하며 훌륭합니까? 인간 자체가 특별히 존엄한 종인가요? 배우자는 무슨 이유로 당신 외의 다른 대상과 평생 관계를 맺을 수 없나요?"

무주지 안의 모든 인간관계는 다층적이었다. 경계에 막이 없었다. 그들의 몸과 마음엔 위계 없는 우애가 흘렀다. 결혼 제도의 종식을 통한 교류의 전면적 해방. 무주지가 지향하는 공동체의 상은 아주 없던 상상이 아니지만, 대규모로 실현된 적은 없는 수평적 사회 모델이었다. 여기서 금지된 건 단 하나, 독점 관계뿐이었다. 거주 조건은 단순했다. ① 자신의 아이를 기르지 않는다. ② 남의 아이를 돌본다. ③ 양육 기간은 4년으로 한다. 무주지의 1세대 구성원들은 전제 조건을 처음부터 강력히 확정할 필요가 있다고 판단했다. 세상 모든 자연스러움의 기저엔 극단적인 부자연스러움이 있기 마련이니까.

의미를 덧씌우는 버릇, 사랑을 짓이기는 습관에서 벗어난 일부 인류가 거기 있었다. 닫힌 관계에서 열린 관계로 도약한 이들이 가장 큰 미덕으로 삼는 가치는 공존과 균형 감각이었다. 이들에게 무주지 밖 모노가미 커플은 같은 싸움을 반복하는 안타까운 집단이었다. 오픈 릴레이션십이 널리 퍼진 사회, 새 공동체 무주지는 크고 작은 시행착오를 겪으면서도 부단히 평화를 지향했다.

수년이 지나자 이들은 거주 조건을 약간 수정했다. 남의 아이를 돌본다는 두 번째 문구를 폭넓게 해석하는 이들이 생겨난 것이다. 남의 아이를 누가 돌봐도 무방한 이곳에서, 아이를 돌보는 이들이 반드시 인간 성체일 필요가 있나. 양육에 유독 탁월한 재능을 보였던 인간의 유전자를 편집해 활용하는 편이 더 낫지 않나, 라는 생각이었다. 곧 무주지에서 아이를 기르는 일은 클론들이 맡기 시작했다. 복제된 몸의 폐와 심장엔 종종 문제가 생겼으며 수명은 짧았지만 4년간의 양육에는 문제 될 게 없었다. 클론 특유의 이른 노화도 걸림돌이 되지 않았다. 양육기간 동안 파트너를 바꾸거나 파트너 없이 아이를 기르는 클론도 더러 생겼다. 그러나 하나의 원칙이 무너지면 다른 원칙도 굳건할 순 없었다. 변칙은 가느다란 실금에서부터 시작되니까. 처음에는 조건을 약간 수정하는 것에서, 다음에는 수정한 조건을 더 수정하면서. 무주지 구성원들은 인간이 다른 종과 비교해 더 특별하지도, 존엄하지도 않다는 사실을 누구보다 깊이 체감하고 있었다. 이제는 2세대, 3세대 구성원들도 클론을 생산해야 하는 이유를 분명히 알았다. 생애주기가 불안정하고 기복이 심한 인간은 늘 무언가를 훼손한다. 복구 불가능한 사례가 넘친다. 클론이 양육을 도맡는 게 훨씬 적합하다. 얼마 지나지 않아 무주지는 독점 관계에 더해, 인간이 인간을 양육하는 게 불법인 지역이 되었다. 공동체가 전보다 커지면서 양육 전담 클론들도 대량으로 배양되었다. 14세의 신체로 깨어난 클론들은 돔에서 6년간 사회화 과정을 밟았다. 캡슐 안에서 무의식 상태로 받아들인 정보 외에도 익혀야 할 것들은 숱했다. 그들은 돔 밖으로 나갈 때까지 다각적인 심화 교육을 받았다. 실제로 양육을 시작하는 20세엔 오른쪽 목덜미에 인장을 새기고 왼쪽 목덜미에 범죄 예방 칩을 심었다. 이들은 성별에 관계없이 두 명의 짝으로 구성되었고 그 둘 역시 다자 관계를 맺을 수 있었지만, 그들만의 아이를 낳을 순 없었다. 무주지 외곽의 오염된 토양 위에는 양육 전문 클론을 기리는 기념관, 명상실, 동상이 세워졌다. 거주자들은 클론을 상찬하면서 그들이 맡은 일을 잊을 수 있었다.

"이제 지구 말고 다른 곳에서도 우리 삶의 방식을 이어갈 수 있지 않을까요. 클론들이 행성을 탐사하는 겁니다. 진정한 무주지를 향해 그들이 떠나는 거죠."

허리를 굽힌 기정이 무주지 원로의 말을 흉내 냈다. 연음은 그의 비아냥거림이 재밌지 않았다. 기정의 치기 어린 표정, 퀭한 낯빛, 구부정한 등, 그 모든 것이 연음을 불편하게 했다. 그는 기정과 더 다투고 싶지 않았다. 그러나 그와 선내에 계속 머문다면 손에 닿는 집기를 모조리 부수게 될 것 같았다. 패드에 다시 뜬 세 글자 '진단 중'은 '복구 중'으로 바뀌어 있었다. 56분 소요 예정, 이란 글자가 그 아래 떴다. 머리를 식히면 다른 접근 방법을 찾을 수 있을지도 몰랐다.

"옷 입어. 같이 나가 보자."

"선장님, 저희가 드디어 진정한 무주지를 향해 떠나는 겁니까?"

연음이 기정을 물끄러미 쳐다봤다. 기정이 수트를 꺼내 들었
다. 샘플 채취 키트와 기록 장비를 챙긴 둘은 입구 앞에서 각자
자신들이 떠나 온 무주지를 떠올렸다. 우리가 외딴 곳에 버려진
걸까. 유치하고 막연한 생각이 들었지만 완전히 틀린 추측도 아
닌 것 같았다. 우주로 나가는 인간들이 받는 교육과 훈련 과정은
풍부하고 체계적이었지만 그들이 통과한 길은 훨씬 비좁고 조악
했다. 연음과 기정은 말없이 탐사선 밖 땅에 발을 내디뎠다.

"저기야."

둘은 갈대처럼 보이는 풀 더미를 향해 터벅터벅 걸었다. 가까
이 가서 보니 형태가 상당히 뾰족했다. 거무죽죽한 줄기는 철근
뭉치처럼 침울하고 과묵해 보였다. 연음이 입을 열었다.

"침엽수와 비슷해."

"아니, 이런 모양은 처음 봐."

기정은 이들의 질서가 낯설게 느껴졌다. 지구에서는 메마른
식물을 봐도 잠시나마 평온해질 수 있었지만, 이 군락의 모습은
전혀 그렇지 않았다. 견고하고 강인한 외곽선에서 굉장한 저항
력이 느껴졌다. 기정의 어깨가 한껏 쪼그라들었다. 장침 다발 같
은 이 식물을 손으로 쥐었다가는 장갑이 다 찢길 것 같았다. 지
구에도 바늘잎 식물이 있었다. 그들은 위험을 대비해 방어용 화

학 성분인 피톤치드를 만들어냈다. 병균과 해충에 맞설 일종의
살해 물질이었다. 기정은 자신이 그 냄새를 왜 좋아했는지, 어떻
게 그걸 산뜻한 향으로 받아들일 수 있었는지 의아했다. 억센 더
미 속에 그나마 부드러워 보이는 풀들이 있었다. 기정은 그것을
뜯어냈다. 살짝 집었다고 생각했는데 실뿌리가 붙어 올라왔다.

"통째로 뽑으면 어떡해."

기정의 팔을 잡던 연음이 눈을 여러 번 감았다가 떴다. 줄기의
잔털이 불에 타는 듯 오그라들었기 때문이다. 착각이었나. 신경
이 과민해진 탓일까. 머뭇거리던 기정이 크게 말했다.

"풀이 고통을 느낄 것 같아? 이걸 분석해야 할 거 아냐. 어차
피 식물은 지능이 없다고."

연음은 대답을 삼켰다. 철저한 무관심, 그건 기정의 설계도 안
에 잠들어 있던 속성이었는지도 모른다. 그의 원본은 2347년생
무주지 2세대 구성원인 서기정으로 집단 표준에 비해 공감 능력
이 높은 데다 존경받는 아동 심리학자였다고 했다. 연음은 고개
를 저었다. 기정의 개성을 골똘히 따져보고 싶지 않았다. 서기정
과 기정이 다를 수 있다는 가능성이 별다른 위로를 주지 않았다.
차이를 존중하고 차별을 막는다는 소리. 기정에게 말한 적은 없
지만, 무주지에서 배웠던 것들은 이렇게 가끔 덧없게 느껴졌다.
기정은 풀에 관심을 끊고 앞서 걸어나갔다. 연음은 그의 등을 쳐

다보다가 발을 뗐다. 어차피 지능이 없다, 어차피 전체에 딸린 요소다, 어차피 뜯겨 나가도 상관이 없다.

연음은 식물의 생태가 수학이나 점성술의 세계에 가깝다고 여겨왔다. 다들 정해진 질서, 디자인이 끝난 프로그램에 맞춰 오차도 방황도 없이 성장하는 것 같았다. 흐름을 수긍하며 거기에 생장을 맡기는 모습이 겸허해 보이기도 했다. 하지만 조금만 더 생각해보면 틀린 판단이었다. 연음은 영상을 통해 봤던 지구의 식물들을 떠올렸다. 온도만 맞으면 성장기가 아닐 때도 자랐다는 진달래와 철쭉, 겨우내 겹겹의 갑옷을 엮었다는 도토리, 맨몸으로 추위를 버텼다고 알려진 작살나무. 그뿐이었나. 꽃눈과 잎눈을 미리 만든 후 모아둔 에너지로만 최대한 가만히 활동했다는 겨울나무, 새들을 피하기 위해 끈끈한 타닌을 만들어냈다는 풀.

기정이 키트에 던져 넣은 이곳 식물도 생명력이 몹시 강할 것이다. 빛을 찾아 몸을 뻗고, 공기로 호흡하는 이들이 고통을 느끼지 못한다니, 지능이 없다니. 식물은 환경에 순응하는 것처럼 보이지만 시시각각 운명을 극복하기 위해 궁리한다. 주어진 조건을 전복할 최적의 전략을 세운다. 생애가 있는 모든 존재는 있는 힘을 다해 살고자 한다. 모든 게 의심스러워도 그것만은 진실이었다.

연음은 지구의 나무들을 기억했다. 길고 가는 몸통, 죄다 기울어 자라나던 그들. 정확히 말하자면 나무들은 자라고 있다기보다 무언가를 견디는 것처럼 보였다. 기포가 터지듯 잎맥이 부푼 붉나무, 흰 버섯과 곰팡이에 뒤덮여 서 있던 칡나무, 수피의 입술 모양 숨구멍이 다 막힌 벚나무. 그리고 나무둥치를 어루만지던 자신의 손. 그 손을 코끝에 댈 때마다 이상하게 죽은 거위 냄새가 났다. 연음은 걸음을 멈추지 않고 생각했다. 그토록 스산했던 형상을 풍경이라 부를 수 있었을까. 몸을 틀어 돌아서면 끝이었을까. 사람들은 그나마 다행이라고, 무주지 밖의 상태는 훨씬 심각하다고 했다. 연음은 무주지 바깥을 생생하게 묘사하는 말들을 듣고 싶지 않았지만, 아침부터 밤까지 떠도는 목소리들로부터 벗어날 수 없었다.

"무주지 밖에서 떠도는 아이들을 상상해보세요. 어떤 곳엔 온기가 넘치고 어떤 곳엔 냉기뿐이죠. 하지만 이 구역의 아이들은 영원토록 변치 않는 사랑의 여러 얼굴을 만납니다."

길은 막막했다. 대지에 돌무더기가 늘어나기 시작했다. 앞서 가던 기정의 발걸음도 어느새 느려졌다.

"우리는 육아의 기쁨을 포기한걸요. 아이들은 우리보다 투명한 뇌를 가진 그들이, 젖과 피와 뼈가 있는 클론들이 기르는 게 옳아요. 오류가 적은 이들이 일관성을 가지고 전문적으로 양육해야죠. 우주에도 클론이 가는 게 적절합니다. 우리 신체와 똑같잖아요. 새 행성을 찾는 위대한 일도 그들이 할 수 있습니다."

기정은 욱신거리는 발목을 주물렀다. 감각은 둔하게 느껴졌다. 대신 그는 무주지가 자신들에게 전가한 고독과 체념이 더 무거워지는 걸 느꼈다. 거주자들은 인간과 클론의 같은 점과 다른 점을 언제나 뒤섞어 말했다. 모든 혁명이 그렇듯 그들이 처음에 모은 뜻은 깨끗하며 뜨거웠다. 문제에는 답이 있다. 손상된 부분은 회복할 수 있다. 재설정에 따르는 부작용을 감수할 수 있다면. 무주지의 밑그림을 신뢰하는 이들을 모을 수 있다면.

무주지를 상상한 사람들은 편애라는 감정이 역사적으로 유해했다고 생각했다. 뇌 기능과 역할을 연구하던 몇몇이 불쾌해 보이던 아이디어 하나를 대담하게 발전시켰다. 상대와의 독점 관계 속에서 뇌는 옥시토신과 세로토닌을 분비한다. 이 호르몬은 상대와의 연대감을 형성할 수 있게 하지만 그와 동시에 외부 세계를 향해 차폐막을 쌓아 올린다. 얼핏 부드러워 보이는 그 막은 생각보다 많은 대상을 걸러낸다. 오류는 여기서부터 생긴다. 무주지 구성원에게 사랑과 이해란 인간이 다른 존재와의 공존을 위해 가장 먼저 버려야 할 관념이었다. 사랑과 이해 앞에는 늘 숨겨진 수사가 있었다. 한정된, 이란 형용사가 그것이었다. 그들은 아이와 보호자 간의 강력한 애착이 미덕보다 폐해를 더 많이 가져왔다는 가설을 세웠다. 사람의 얼굴을 오래 보며 자란 아이들이 잃게 되는 것이 있었다. 바로 차이에 대한 다채로운 감각이었다. 엇비슷한 비글들의 얼굴을 전부 구분할 줄 알았던 아이들은 보호자와 유대 관계를 맺으면서 비글 간의 차이를 하나둘 놓쳐갔다. 다름에 대한 민감도가 낮아졌다.

"그냥 다 똑같은데? 모두 귀가 크고 명랑한 개잖아요."

아이들은 태어난 지 1년이 지나면서부터 비글을 하나의 종 또는 덩어리로 인식했다. 그와 함께 자주 접한 보호자의 얼굴과 흡사한 인상을 선호했다. 보호자의 피부색, 보호자의 언어, 보호자의 표정이 기준이었다. '좋아한다'라는 감정이란 전혀 순수하거나 투명하지 않았다. 인간은 익숙한 대상에게 애정을 느끼며 그 영역 안에서만 정서적인 안정을 취했다. 차별은 대단한 악의가 아니라 그러한 발달 과정에서 생겨나는 효율적 감각에 불과했다. 낯익은 것과 낯선 것을 분류해 뇌에 저장하는 일은 인간이 인간으로 살아가는 데 필요한 작업이기도 했다. 생략, 강조, 분화. 사람은 세계를 추상화해야 했다. 가지를 치지 않은 나무가 광기 어려 보이듯, 인간은 머릿속에 각종 수납고와 서랍을 갖추지 않고서는 생존할 수 없었다. 적극적인 분리란 안전과 같은 말이었다. 무주지의 초창기 일원들은 그 사실을 잘 알고 있었다. 그들은 엔도르핀, 도파민, 옥시토신, 세로토닌, 멜라토닌 자체를 부정하지 않았다. 다만 그 호르몬을 단일한 공간 대신 다양한 환경에서 얻길 바랐다. 오픈 릴레이션십은 그들이 세운 논리에 자연스럽게 따라붙는 부수적 관계였지만 사람들이 여기 쏟아내는 비난은 유독 맹렬할 것으로 예상되었고, 실제로도 그랬다. 구성원들은 이 반응에 물러서지 않았다. 그들에게는 몇 해째 진행해 온 모의 양육 실험 결과가 있었기 때문이다. 이들은 자신들이 낳은 영아들의 반응을 코딩하고 뇌 활동을 스캔했다. 스트레스 지수인 코르티솔 수치가 그들이 보기에도 놀라울 만큼 현저히 떨어져 있었다. 출산에 따르는 통증을 상당 부분 격감시키는 기술도 상용화 직전까지 와 있었다.

데이터를 공개하자 무주지로 이주하는 자들이 생겨났다. 이곳의 재생산 구조에 동의하는 여성들부터 이동을 결심했다. 이전처럼 보호자의 자격을 따져 가리려는 시도는 불가능할 뿐 아니라 지난할 수 있었다. 새로운 사회를 원하는 이들이 무주지로 가는 편이 간단했다. 행동 유전학자, 발달 심리학자 그리고 소규모의 과학자와 연구원이 주축이 된 무주지로 사람들이 더 합류했다. 무주지에 적응하지 못한 이들은 언제든 그곳을 떠나도 괜찮았다. 그러나 무주지에서 자란 아이를 되찾아가는 일은 금지되었다. 그런 술수는 생존이 최우선인 무주지 밖에서나 통용될 수 있었다. 원칙을 공유하는 이들은 점차 늘었다. 무주지는 드넓은 동심원 모양으로 확장되었다.

그리고 한 세대가 끝나기도 전에 많은 거주자가 아이들을 낯설어하게 되었다. 클론과 함께 산책 나온 아이를 보고 놀라는 이들, 우는 아이를 발견하고 기절하는 사람이 생겨났다. 그들에게 아이들, 자라고 있는 사람이란 아직 사람도, 시민도, 무주지의 구성원도 아니었다.

기정은 행성 표면을 밟는 기분이 왜 이렇게 친숙한지 알 수 있었다. 새카맣고 촘촘하고 서늘했다. 무주지처럼 이 땅도 고르지 않았다. 그는 걸음을 멈췄다. 폐수는 하수관을 타고 반드시 어딘가로 흘러 들어간다. 목덜미에 인장이 찍힌 그들이 있는 자리, 어디서든 그곳이 끝이었다.

연음은 자리에 서 있는 기정에게 간신히 다가섰다. 발아래 암석들의 크기가 점점 줄어들고 있었다. 작은 돌을 잘못 밟으면 넘어질 것이다.

"돌아갈까?"

기정이 돌멩이 하나를 발로 차며 답했다. 돌은 멀리 날아가지 않았다.

"얼마 오지도 않았어."

"나쁜 꿈을 꿨다. 도영이가 많이 울었어."

연음은 도영이 귀신처럼 자라났다는 뒷이야기를 보태지 않았다. 대신 이 말밖에 할 수 없었다.

"보고 싶어, 너무."

"난 그 애와 4년을 보냈어. 넌 그 절반이잖아."

기정이 다시 걸음을 옮겼다. 연음은 그의 말에 바로 대꾸하고 싶었다. 내가 도영이를 뺏겼다는 생각은 안 해봤어? 나는 4년을 다 채우지도 못했다고. 그렇지만 이 말을 하려면 무주지를 비난하며 여기 와 있다는 사실을 깊이 한탄해야 했다.

그가 망설이는 사이, 기정이 언덕을 내려섰다. 야트막한 경사로로 걸음을 옮기자 연음의 눈앞에도 평원이 펼쳐졌다. 기정이 한 지점을 쳐다보고 있었다. 조그마한 늪이었다. 양서류의 눈알처럼 보이는 공기 방울이 불규칙적으로 튀어 올랐다. 부글대는 늪 뒤편에 또 하나의 자생식물 군락지가 펼쳐져 있었다. 그들은 덤불 근처에 떼로 모여 있는 벌레 무리를 발견했다. 거미와 비슷한 생김새였다. 가벼운 새끼벌레 하나가 기정의 헬멧을 타고 미끄러졌다. 연음과 기정은 무심결에 미소를 지었다. 입가의 웃음이 옅어지자 둘은 고개를 떨구고 각자의 발끝을 잠깐 바라봤다.

기정이 벌레가 없는 빈집의 누런 줄을 튕겨보았다. 그들이 만들어둔 집의 구조는 뜻밖에도 효율적이었다. 끈적이는 줄이 있고 아닌 줄이 있었다. 탄력도 다 달랐다. 집은 줄 세 가닥으로 구성된 체계적인 공간이었다. 가운데 끈끈한 줄은 먹이가 붙는 중심 기능을, 양옆의 매끈한 줄들은 보조 기능을 맡은 것 같았다.

연음이 기정의 팔꿈치를 잡았다. 그는 벌레 하나를 가리켰다. 이빨과 날개가 없는 벌레는 배 부분의 독으로 먹이를 마비시킨 뒤, 그걸 빨아 삼키는 듯했다. 딱딱한 껍질만 남기고 속의 체액을 마셔버리는 셈이었다. 식사를 마친 벌레는 보조 줄에 빈 껍데기를 던졌다. 먹이를 기다리는 벌레들은 죽은 듯 미동이 없었다. 그들은 행성의 벌레가 어떤 자세로 어떤 시간을 보내는지 알 수 없었다. 이렇게 스치듯 보는 것만으로는 부족했다. 관찰에 공을 들인다고 그들의 생태를 반드시 파악할 수 있는 것도 아니었다. 기정이 벌레를 보며 말했다.

"이건 가져가고 싶지 않아."

"그래. 죽은 것만 넣자."

평원 끝에 다다르자 매끄러운 돌들이 나타났다. 돌 틈마다 열매가 떨어져 있었다. 속이 다 파먹힌 과실이었다. 그들 앞에 빛이 일렁였다. 연음과 기정은 서로의 눈을 쳐다보았다.

"물이야."

강가 곁에 몸을 낮게 웅크린 식물들은 부드러워 보였다. 잎들은 지표면에 거의 붙은 모습으로 자라나 있었다. 도톰한 잎사귀에 기이한 빛이 돌았다. 큐티클 층과 흡사해 보였다. 수분의 손실을 막기 위해 만들어진 형태였다. 연음이 잎을 가리키며 말했다.

"햇빛을 공평히 받기 위해 이렇게 방석 모양으로 엇갈려 성장하는 거야. 누가 빛을 덜 받고, 더 받는 일이 없도록 땅에 납작 엎드려 골고루 살아가는 거지. 로제트식물은 이런 전략을 쓴다고 배웠어. 이것도 번식력이 강한 식물이야. 어, 이건."

연음이 잎새에 얼굴을 가까이 댔다.

"너도 봐. 우리 인장 같다. 잎새가 닮았어."

"뭐가 닮아."

기정은 잎을 뽑아 그 씨앗을 장갑 위에 툭툭 털어냈다. 연음이 말릴 새도 없었다. 순간, 잎들이 기정의 발등을 휘감는 것처럼 보였다. 연음은 눈을 여러 번 깜빡였다. 퉁퉁하고 억센 가지 하나가 기정의 다리를 찔렀다. 기정은 씨앗을 털어대기 바빴다. 장갑 위로 철가루만큼 작고 검은 씨가 쏟아졌다. 단단한 삼각뿔 모양이었다.

"잠깐만 그대로 있어."

연음이 기정의 팔과 어깨에 달라붙은 씨앗을 보고 말했다. 확대경으로 들여다보니 입이 벌어졌다. 씨앗은 집요하게 달라붙은 가시였다. 여덟 갈래로 나뉜 가시들은 동화 속 소인국 사람들이 만든 창살 같았다. 창살 하나하나마다 작고 촘촘한 가시가 역방향으로 돋아 있었다. 붙은 뒤엔 절대 떨어지지 않겠다는 의지가 강력했다. 가만 보니 온통 섬세한 가시들이었다. 씨앗, 비늘, 몸통까지 겉면 전체가 잔가시로 빽빽했다.

둘은 자리에 앉아 씨앗을 떼어내기 시작했다. 기정이 신경질적으로 팔을 흔들었다. 완고하게 붙은 씨앗들은 어째서인지 점점 불어나는 것 같았다.

"이게 뭐야. 왜 이렇게 많아."

기정이 자신의 다리를 가리켰다. 아까 가지에 긁힌 부분이었다. 씨앗들이 그 자리에 빼곡했다. 종아리, 엉덩이, 옆구리. 기정의 우주복에 작은 구멍이 뚫리고 있었다. 그가 소리 질렀다.

"어떡해. 이러다 죽는 거 아니야?"

"무슨 소리야. 그만 만지고 일어나."

"이럴 줄 알았어."

"탐사선으로 돌아가자. 조금만 걸어가면 돼. 저기 보이지?"

연음은 손가락을 금세 접었다. 손끝이 가리키는 탐사선의 크기가 너무 작았다. 기정은 자리에서 일어나지 못했다. 눈과 코가 새빨갰다. 연음은 그의 곁에 가까이 앉았다. 겁에 질린 그를 억지로 일으킬 수 없었다. 기정이 손을 떨며 물었다.

"돌아갈 수 있을까."

"당연하지. 다시 작동시켜보고 안 되면 캡슐에서 자자. 사람들이 찾으러 올 거야."

"지구로 돌아갈 수나 있을까. 탐사 마치고 가면 정말 평생…. 도영이를 기를 수 있는 거야? 우리만 허락해준다는 말을 넌 믿어?"

"믿어. 그러니까 왔지. 불법이라고 해도, 우리가 이 고생을 했
는데."

"이마 냄새를 맡고 싶어. 눈썹, 손톱, 발가락. 전부 만지고 싶어."

연음이 그의 어깨에 손을 올렸다. 잊히지 않는 장면이 떠올랐다.

"너 시간 초과해서 경고 받은 거 기억나? 도영이 그만 만지라
고, 손 떼라고 해도 못 들은 척."

"안 들렸어. 어떻게 손을 떼. 자기들이 그렇게 해보라지."

"우리가 없었을 때 사람들은 아이들을 더 마음대로 만졌겠지?
엉망진창으로 우유부단하게."

연음은 기정의 얼굴을 유심히 살폈다. 표정이 조금씩 풀어지
고 있었다. 곧 그를 부축해 돌아갈 수 있을 것이다. 기정이 무주
지를 비난할 때는 이렇게 거들어주는 편이 나았다. 동의하지 않
아도, 반발하고 싶어도. 연음이 그의 팔짱을 꼈다. 갑자기 기정
의 목소리가 커졌다.

"오픈 릴레이션십이니 공동체니 웃겨. 감당도 못하면서."

연음은 그에게서 팔을 천천히 떼어냈다. 그리고 자신의 무릎
을 감싸 안았다.

"무주지에서는 인간의 기질이 바뀔 수 있습니다. 닫힌 세계는 이전의 존재
방식입니다. 열림은 혼돈이 아니라 사랑이 될 것입니다. 사랑은 더 넓고 묽
게 변화할 것입니다."

연음은 눈앞의 기정 대신 도영이를, 무주지 사람들을 보고 싶었다. 친절하고 상냥한 이들이 거기 분명히 있었다. 기정이 연음을 쏘아보며 말했다.

"사람들이 비교를 멈출 수 있을 것 같아? 뭘 다 열어둬? 틈은 늘 있었어. 변화? 미워하는 대상만 바뀌지."

연음은 반사적으로 대답했다.

"그럴 수 있잖아. 인간은 허약하니까."

"허약하다고? 그 말 뒤에서 했던 짓들을 봐. 넌 허약한 게 얼마나 힘이 센지 아니?"

"사람들은 우릴 더 나쁜 용도로 쓸 수 있었어. 무주지 바깥처럼."

"넌 그걸 다행으로 여기는 거야?"

"우리가 했던 일은 아이를 기르는 거였어. 다른 일이 아니라."

"여기 와 있는 우릴 봐. 무주지는 처음부터 끔찍한 곳이었어. 혁명 좋아하네. 전부 저열하고 기분 나쁜 발상이었다고."

"새롭고 아름다웠어, 처음엔."

"무주지는 생겨난 게 아니라 만들어진 곳이야. 그게 어떤 의미인지 알겠어? 오래 시도하지 않았다는 게 무슨 뜻인 줄 알겠냐고. 그러면 안 되니까, 그런 짓을 하면 안 되니까, 아무도 안 했던 거야."

둘은 잠자코 있었다. 기정이 좁다란 강물을 한참 쳐다보다 말했다.

"이런 말 우습지 않아? 상황 봐서. 두고 봐야지. 열어놓자….
난 다른 가능성은 전부 닫고 싶었어. 선택할 필요가 없었어. 너
만 좋았으니까."

연음이 고개를 저었다. 지금 여기서는 필요 없는 말이었다.

"지구로 돌아가면 우린 또 다른 사람을 좋아하게 될 거야. 그
럼 너만 좋았다는 말 대신 너도 좋았다고 말하게 될 거야."

"왜 그래야 하는데!"

기정이 소리쳤다. 연음이 바짓단을 움켜쥐었다. 우주복에 덮
인 자신의 두 발목은 믿기 어려울 만큼 앙상했다.

그의 고함이 끊이지 않았다. 연음은 질끈 감았던 눈을 떴다.
발치의 땅이 흔들리고 있었다. 흙더미가 하나둘 솟아올랐다. 연
음은 앉은 자세 그대로 뒤로 물러났다. 차라리 눈이 아홉 개인
절지동물, 점액질로 뒤덮인 괴물, 거대한 촌충을 만나는 편이 나
을 것 같았다. 행성은 빠른 속도로 구멍을 만들고 있었다. 몸을
일으키기도 전에 기정이 거기 빨려 들어갔다. 잠시 후 검은 구멍
은 기정의 우주복을 뱉어냈다. 채취용 키트와 확대경은 완전히
으깨져 있었다. 뒤집힌 땅 주변으로 얕게 자리 내린 뿌리들이 드
러났다. 질기고 유연한 조직들은 의지를 가진 듯 꿈틀댔다.

연음은 왔던 길을 따라 정신없이 달렸다. 발목이 부러질 듯 아

팠다. 콧속이 막혀와 숨쉬기가 어려웠다. 흘러내리는 눈물을 닦아낼 수도, 볼을 긁을 수도 없었다. 잠시 후 탐사선이 눈에 들어왔다. 그는 숨을 가다듬었다. 그제야 손에 들린 기록 장비가 보였다. 쓸데없는 기기였지만 지금은 그걸 내버릴 힘조차 없었다. 탐사선 가까이 가던 연음의 숨이 다시 가빠졌다. 여기도 발치 곳곳에 작은 구멍이 패여 있었다. 탐사선 겉면은 검게 부식되어 있었다. 철가루로 보였던 흔적이 무리를 지어 움직였다. 벌레들이었다. 그는 그들이 뒤덮은 자리를 돌로 조심스럽게 눌렀다. 선체의 동판이 물에 불은 널빤지처럼 뭉개졌다. 탐사선 틈으로 인공지능의 음성이 가늘게 들려왔다.

"굳건한 관계란 없습니다. 보호자와 보호 대상이 평생 함께하는 경우는 실제로 드뭅니다. 나아가 아이는 보호자 외의 다른 대상과도 얼마든지 안정기를 통과할 수 있어야 합니다. 4년마다 보호자가 바뀌면 아이가 분열적인 성격을 지니게 될 거란 견해가 있지만, 한두 명의 사람이 양육을 지속하는 행위는 더욱 위험합니다. 우리는 얼굴의 영속성 대신 온기와 촉감의 영속성이 영유아의 성장에 중요한 요소가 될 거라 전망합니다."

연음이 곧장 반대 방향으로 뛰기 시작했다. 탐사선 가장자리에서부터 거대한 구덩이가 생기고 있었다. 목이 잠겨 비명도 나오지 않았다. 오른쪽으로 기울어지던 탐사선은 지표면 안으로 힘없이 떨어졌다. 연음은 무릎을 꿇고 그 광경을 지켜봤다. 바지 안쪽 허벅지를 타고 오줌이 흘러내렸다. 아무 생각도 나지 않았다.

연음은 손에 들린 기록 장비를 쳐다봤다. 그의 원본에게는 끈기나 집념이었을 특성이 자신에겐 고집으로만 자리 잡은 것 같았다. 늘 그래왔듯, 끝없이 억지를 부리고 싶었다. 정면을 바라보기 싫었다. 돌아갈 것이다. 돌아갈 수 있다. 그는 지구에 보낼 탐사기를 적기 시작했다.

알파 센타우리 바깥에 위치한 외계행성. 지구보다 크고 중력도 세다. 습기와 자기장이 존재한다. 우리는 풀 더미, 언덕, 평원, 늪, 협곡, 강을 발견했다. 씨앗과 벌레를 만났다. 행성 생물은 고유한 지성과 적응 전략을 품고 있다. 우리가 살 수 있을 세계다. 하지만 표면이, 생장점으로 보이는 지점이 위협을 느끼면… 구멍을 만들어 위기 물질을 처리한다.

그는 그 기록을 전부 지웠다. 소용없는 문자였다. 전해질 리 없었고 전해야 할 의미도 없었다. 솔직한 생각을 남길 수도 없었다. 무섭다. 검정. 검정. 잿빛. 약간의 초록. 자주색과 섞인 청록. 알 수 없다. 알기 싫다. 버려졌다. 혼자 있다. 기정과 도영을 볼 수 없다.

연음은 우주복 왼쪽 팔 고리에 매달아둔 장난감을 쳐다보았다. 도영이 좋아하던 연두색 병정 인형이었다. 뛰어오면서 떨어뜨린 건지 몸은 사라지고 머리만 남아 있었다. 연음은 그 조각을 들어 올렸다. 하찮아 보이는 머리통은 기정 같기도, 자신의 상념

같기도 했다. 그는 인형의 머리를 쓰다듬었다. 잠들기 전 도영에게 나지막하게 들려주던 동화가 떠올랐다. 도영이 못 알아들어도 괜찮았다. 그가 듣고 싶던 이야기였으니까.

"철사로 만든 어머니와 헝겊으로 만든 어머니가 있었습니다. 둘 다 원숭이의 진짜 어미는 아니었죠. 철사 어머니에게는 우유병을 매달고 헝겊 어머니에게는 아무것도 매달지 않았어요. 이제 아기 원숭이가 어디로 갈까요. 사람들은 아기 원숭이가 우유를 가진 철사 어머니를 찾을 거라고 생각했어요. 아니, 그렇지 않았답니다. 원숭이는 헝겊 어머니에게 붙어 있었어요. 보드라운 촉감이 먹이보다 더 중요했던 거예요. 사람들은 그때야 알았습니다. 인간에게 가장 필요한 건 진짜 엄마도, 영양분도 아니구나."

그는 기기를 바닥에 내려놓았다. 지구에 부칠 기록이 있다면 이 말뿐이었다. 찾지 마, 오지 마. 우린 어느 행성에서도 살 자격이 없다.

연음은 땅에 누워 몸을 최대한 웅크렸다. 그는 무주지 사람들이 처음에 품은 질문을 사랑했다. 열린 강령, 양육 수칙보다 더 자주 중얼거리던 말이었다. 자신이 아는 것 이상을 꿈꾸지 못하는 인간이 인간일까. 자신과 이미 닮은 것만을 사랑하는 존재가 아름다울까. 연음은 그런 물음을 조용히 곱씹어보던 시간이 좋았다.

무주지는 본능을 넘어서는 가치를 강조했다. 그렇지만 한계는 명백했다. 분쟁 말미에 남는 건 말뿐이었고 어느 순간부터는 말마저도 사라졌다. 위선, 순진, 비합리, 비효율, 부적절, 시기상조, 배부른 소리, 근거 없는 낙관. 인간에게서 바로 보이지 않는 정신을 밀어내는 말은 여럿이었다. 지구가 열악한 행성이 된 이유를 기후 변화 때문이라고 답할 수는 없었다. 그건 누군가 죽은 이유를 심정지라고 말하는 것과 비슷했다. 그러니 질문을 이렇게 바꿔야 했다. 지구가 열악한 행성이 될 때까지 누가, 어떻게 살았나. 왜 그렇게 지냈나.

기정의 말이 맞았다. 무주지는 그저 끔찍한 곳이었다. 여기 혼자 남았다는 것이, 자신이 너무 어리다는 사실이 그걸 또렷이 알려주었다. 연음은 땅에 엎드렸다. 언제 꺼질지도 모를 지표면에 몸을 완전히 붙였다. 숨이 잘 쉬어지지 않았다. 엉치뼈가 따끔거렸지만 손을 다시 내려두었다. 씨앗이든 벌레든 털어낼 필요가 없었다. 연음은 세상에 갓 태어난 사람처럼 울었다. 다 울고 난 뒤에 다가올 시간을 어떻게 마주할지 짐작도 할 수 없었다. 그는 헬멧을 벗고 눈을 힘껏 감았다. 온기와 촉감이 다시 없는 곳이라면, 자신 역시 지워져도 상관없었다. 구멍 속으로 사라져도 좋았다.

"울지 마, 괜찮아."

연음은 고개를 돌려 뒤를 돌아봤다. 시야가 흐릿했다. 꿈속인 걸까. 그는 눈두덩이를 오래 비볐다. 땅을 뚫고 나온 넝쿨 위에서 누군가 말을 하고 있었다. 알몸의 기정이었다. 깃털 같은 잎사귀들이 그의 몸을 부드럽게 감싸고 있었다. 세 개의 잎은 그들 오른쪽 목덜미에 새겨진 인장과 같은 형태였다.

얇고 긴 줄기 하나가 연음과 기정의 입속으로 무언가를 떠 넣어주었다. 유백색 물방울 모양의 작은 열매였다. 그들은 그것을 받아먹었다. 건조한 입안이 금세 촉촉해졌다. 즙에서 달고 고소한 맛이 났다. 잎들이 그들의 등판을 천천히 쓸어내렸다. 잠시후 둘은 동시에 트림을 내뱉었다. 밧줄처럼 얽힌 줄기가 그들의 겨드랑이를 휘감아 올렸다. 발치부터 잔잔한 진동이 느껴졌다. 잠이 오기 시작했다. 연음과 기정은 줄기들이 몸을 파고들도록 목에 힘을 뺐다. 사지가 금세 늘어졌다.

남십자자리

오정연

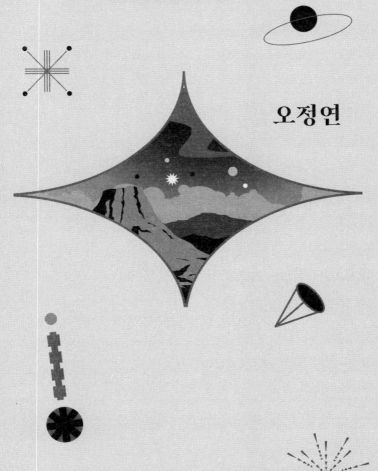

행성의 하루가 시작됐다. 달리 말하면, 항성의 새 빛이 정착지에 닿기 시작했다. 이곳에서 적정 수면은 제2의 생활 수칙이었다. 그리고 적정 수면이란 잘 수 있는 최대치를 채운 수면을 뜻했다. 그러나 여기 사람들은 대체적으로 하루를 일찍 열었다. 아무리 피곤해도 6시간 이상 내리 자는 것이 불가능했다. 행성시 오전 6시 25분. 해리는 본인의 관절 및 근육량에 최적화된 탄성과 복원력의 인공지능 매트리스 위에서 하루를 시작했다.

　눈을 깜빡여도 침침한 시야는 맑아지지 않았다. 짧아진 해 때문인지 어제보다 늙은 몸 때문인지 가늠하려는 건 헛된 시도였다. 기억나지도 않는 지난밤의 꿈자리가 뒤숭숭했기 때문이라고 생각하는 편이 좋았다. 천천히 몸을 일으키는데 허리와 어깨와 목이 찌뿌둥했다. 두통이 없는 게 다행이었다. 불편함의 정도를 어제와 비교하려는 노력 역시 무의미했다.

　노화는 그런 것이었다. 어제와 똑같은 일을 했는데 오늘 조금 더 힘들어지는 것. 해리는 한숨을 돌린 뒤 침대에서 몸을 일으켜 창가로 걸음을 옮겼다. 천천히 움직이는 것은 제1의 생활 수칙이었다. 일상을 유지하는 데 기억해야 할 중요한 수칙이 도처에 있는 일상. 생명 유지 장치에 이상이 감지되어도, 아니 그럴 때 일수록 뭘 그렇게까지, 싶을 정도로 천천히. 갑작스러운 거동은 컨디션은 물론 생명을 유지하는 데에도 도움이 되지 못했다.

묵직한 암막 커튼을 걷어내자 동트는 하늘이 방 안을 조금 더 밝혀주었다. 갈수록 힘에 부치는 커튼 따위 해리가 잠에서 깨어 나는 속도에 맞추어 조절되도록 할 수도 있었다. 조도가 저절로 조절되거나 창밖 풍경마저 그날그날 해리의 바이오리듬에 알맞 게 맞춤 조절되는 것도 가능했다. 그 모든 센서와 자율 조정, 사 물인터넷과 가상 풍경을 마다한 것은 해리였다. 시간의 흐름을 감지하고 바깥을 확인하는 것 정도는 스스로의 의지와 힘으로 해내야 한다는 작은 신념 때문이었다.

매일 아침 창밖으로 옆 유닛의 메이가 마당 끄트머리에 앉아 있는 것을 확인하는 것 역시, 해리의 의지였다. 거리가 멀고 사 위도 어둑했지만 떠오르는 해를 기다리며 상기된 메이의 표정, 매일 아침 한결같이 밝아오는 그 얼굴은 언제나 확연했다. 눈이 마주치자 둘은 희미한 미소를 주고받았다.

"매일 보는 일출인데 매번 저렇게 설렐까."

메이의 미소를 곱씹으면서 해리가 중얼거렸다. 이럴 줄 알았 으면 그 흔한 음성인식 인공지능 정도는 활성화해둘 것을. 적당히 길들여서 제법 맘 맞는 친구처럼 대화하는 이들도 있던데, 라는 말마저 소리 내어 말하고야 마는 스스로를 깨닫고 해리는 고개를 저었다.

"오늘 업무가 뭐더라."

새벽빛에 연약한 눈이 적응하길 기다렸다가 해리는 일정표를 확인했다. 도서관에 새 자료가 도착하는 날이었다. 준비해놓은 카탈로깅 자료를 매체에 태깅하고 그 기록이 시스템에 무사히 안착했는지 검수해야 한다. 수요일은 이용객이 많은 날이기도 했다. 정신 똑바로 차려야지.

해리는 창문을 바라보고 있는 식탁에 앉아 아침을 먹으며 이웃을 구경했다. 육아 도우미로 일하는 유진이 유아차를 끌며 아침 산책 중이었다. 출근 버스를 기다리는 지운도 보였다. 느릿하고도 부산한 풍경이었다.

이곳은 남십자자리의 가장 밝은 별인 아크룩스로부터 1.78광년 떨어진 CR8983베타 항성계의 제5행성. 남십자자리가 북위 27도보다 북쪽의 지구에선 지평선 밑에 가라앉아 있는 덕분에 대부분의 지구인들은 위치를 눈으로 더듬는 것조차 불가능한 외계행성이지만, 지구에선 꽤 유명했다. 양로행성이란 이름으로.

스스로가 직업을 선택하고 이에 따른 역할극에 빠져든 주민들이 천천히 하루치 일상을 개시했다. 해리가 그 모습을 음미하며 커피를 들이켰다. 유진이 밀고 간 유아차 안의 아이와, 지운이 기다리는 출근 버스의 기사와 승객 상당수는 이 역할극의 배우이자 관리자인 휴머노이드였다. 관절염을 앓아 아침마다 운동을 해야 하는 유진을 독려하는 아이의 수면 습관도, 빈 자리 없이 버스 안을 메운 승객이나 버스 기사의 조심스러운 운전도 지운이 악력과 균형 감각을 키우도록 고려한 계산의 결과물이었다. 해리는 이 모든 일상을 구현하고 지휘하면서 인공 대기처럼 행성을 메우고 있는 인공지능에 대해 생각했다. 그리고 미아를 떠올렸다.

"좋은 아침입니다."

워킹메모리 진미아 유지·보수 본부장이 사이버 회의실을 활성화하며 인사를 건넸다. 일제히 회의실로 초대당한 팀장들의 얼굴엔 당황한 기색이 역력했다. 의례적인 인사를 습관처럼 생략하는 본부장의 아침 인사라니. 좋지 않은 신호였다.

"좋은 아침입니다, 미아 님."

머뭇거리며 대답하는 이들의 머리 위로 보이지 않는 물음표가 가득했다.

"양로행성 고장 접수, 브리핑 시작하세요."

단숨에 본론으로 진입한 미아가 예고도 없이 남십자자리 구역 팀장을 회의실 메인 화면으로 불러냈다. 남십자자리 구역에는 CR8983 베타 항성계가 포함돼 있다. 갑자기 화면 한가운데에 자리하게 된 남십자자리 구역 팀장이 웜홀 통신으로 전달된 양로행성 고장 접수 화면을 공유했다. 고장 접수야 유지·보수 본부의 일상 업무인데 왜 이렇게 유난스러운 분위기를 연출하는지 의견을 주고받느라, 팀장들의 메신저가 개인 채팅창으로 붐비기 시작했다.

물론 양로행성에서 접수된 고장이라면 무척 심각한 사안인 것은 확실했다. 양로행성의 주요 섹터인 동아시아계 거주 섹터는 주로 워킹메모리에서 제조한 기억을 장착한 휴머노이드로 운영되고 있었다. 평균 연령 114세의 양로행성 거주민 1억 2천만여 명을 부양하는 것은 1063만여 구의 휴머노이드였다. 1억 2천만 중 병상 섹터에 누워 있는 2천만 명을 부양하는 단순 보호사 휴머노이드 63만 구를 제외한 1천만 구의 휴머노이드는 24시간 활성화 상태로, 각기 다른 강도의 일상을 영위하는 인간 1억 명에게 그들이 영위했던 삶과 다르지 않은 일상을 제공했다. 휴양지 기능을 탑재한 고급 요양원과도 같은 그곳에서 휴머노이드 한 구가 하루 동안 중급 이상의 상호작용을 주고받는 인간은 평균 40.8명이었다. 이들 휴머노이드가 서비스를 제공하는 인간의 평균적인 건강 상태를 고려할 때, 단 한 구라도 이상 증상을 보인다면 예상하기 어려울 정도로 그 여파가 클 터였다.

고장 접수 화면 속 고장 휴머노이드는 주민 1894번이었다. 결정적으로 문제가 된 장면 위주의 동영상은 3분 남짓 지속됐다. 첫 장면은 보험 설계사로 설정된 1894의 출근 준비 상황. 아침 식사가 놓인 테이블에는 1894와 함께 남자 노인 한 명과 초등학교 고학년과 저학년으로 보이는 두 어린이가 앉아 있었다.

"엄마 오늘 늦어. 할아버지 식사는 냉장고에 있으니깐 혹시 잊어버린 것 같으면 적당한 시간에 그 사실을 상기시켜주시기 부탁드립니다."

말을 마치자마자 두 어린이가 재빨리 고개를 들어 1894를 바라봤고, 남자 노인은 약간의 시간차를 두고 숟가락질을 멈췄다. 남십자자리 구역 팀장이 여기서 화면을 정지시키고 부연했다.

"1894와 그의 두 자녀는 모두 휴머노이드로, 최우석 씨가 7년 전 양로행성에 입주할 당시 딸과 손자 2인을 가족으로 설정하면서 투입됐습니다. 방금 보신 장면은 지난 7년간 별 이상 없이 작동한 1894가 보인 첫 번째 이상 징후였습니다. 다음 이상 징후로 넘어가겠습니다."

"잠시만요."

미아였다. "다음 이상 징후는 방금 상황으로부터 얼마 뒤에 나타난 거죠?"

자료를 확인한 팀장이 대답했다. "6시간이 지나고서입니다."

"1894의 오류에 대해 최초로 조치한 것은 언제였어요?"

팀장은 역시 자료를 확인해야 했고 미아는 그런 그를 못마땅하게 바라봤다.

"…3시간 뒤요."

"첫 오류부터요?"

"아뇨… 세 번째 오류로부터 3시간 뒤였다고 합니다."

회의실 이곳저곳에서 낮은 탄식 소리가 들려왔다. 미아가 굳게 다문 입을 열고 말했다.

"동영상 이어서 보죠."

1894가 인간 고객과의 미팅에서 갑자기 반말을 시작하는 장면에 이어 회의 시간에 인간 상사에게 별다른 이유 없이 폭언을 퍼붓는 장면이 등장했다. 남십자자리 구역 팀장이 말한 세 번째 오류였다. 휴머노이드 제조사에서 상황을 수습하기 위해 배포한 긴급 패치가 별 효과가 없었는지 1894의 오류는 그날 밤을 경과하면서 급격하게 악화됐다. 동영상의 마지막 장면에서, 결국 1894는 최우석에게 위협을 가하기 직전에 두 자녀로 설정된 휴머노이드에 의해 전원이 해제된 채로 끌려나갔다.

"현재 격리 조치 중인 1894는 소소한 물리적 자해를 일삼는 한편 그의 기억 역시 빠른 속도로 자가 고립되고 있다고 합니다.

기억 파일 자체는 남아 있지만 개별 기억 사이의 네트워크가 파괴되는 중이라는 거죠."

마지막 부가 설명을 마친 남십자자리 구역 팀장이 모니터를 응시했다. 누군가 질문했다.

"1894와 동일한 초기 모델이 몇 구나 활성화되어 있죠?"

"1894를 포함해 총 258구입니다. 제조사에 즉시 리스트를 보내 원격으로 언어 회로를 전수 검사하도록 권고하려던 참…"

"이게 지금 단순히 언어 회로 이상일까요?"

여느 때처럼 기다림도, 배려도 없는 미아의 개입이었다.

"모델의 문제인 건 확실한가요? 우리가 제조한 기억의 문제일 가능성은? 이 팀은 원래 이렇게 뒤늦게 오류를 보고받나요?"

진미아 본부장은 빠르게 움직이는 아홉 팀장들 눈동자의 행방 따위에 전혀 개의치 않았다. 훨씬 더 중요한 문제를 신경 써야 했기 때문이었다.

해리가 그곳에 있었다.

'아직 한창때 같은데 이 노인네가 왜 벌써 양로행성에 왔대?'

70대 이용객의 면전에 내뱉을 뻔했던 마음의 소리를 해리가 가까스로 참아냈다. 이용객은 5초 정도 할 말을 잊은 듯, 아니 아예 자아를 상실한 듯한 표정이었다. 서비스 데스크 반대편을 찬

찬히 살핀 끝에 해리는 그가 휴머노이드임을 알아챘다. 양로행성 인간치고는 다소 젊어 보였다.

50년 동안 각종 인간 감별법을 몸으로 익힌 해리는 양로행성 곳곳에 자리한 휴머노이드를 비교적 쉽게 알아볼 수 있었다. 20대부터 70대까지 경제활동을 지속하면서 해리는 보험 설계사, 어린이집 선생님, 콜센터 상담원, 가전제품 수리기사, 특급호텔 주방장 등 다양한 직업을 모자처럼 바꿔 썼다. 겸업도 허다했다.

대학을 졸업하여 경제 활동을 하던 중 별 생각 없이 결혼하여 아이를 낳았는데 남편은 일찍 세상을 등졌다. 홀로 생명을 책임지는 것은 예나 지금이나 벅찬 일이어서 아이를 키우는 보람을 음미할 여유는 부족했다. 뭘 그렇게까지, 싶은 일은 엄두도 낼 수 없는 삶. 무슨 일이든 곧잘 해냈고, 일을 그만두라는 말도 거의 들어본 적이 없었지만 아무 일에서도 보람을 찾을 수 없었다. 서른 해 가까이 숨차게 살아낸 뒤 기다렸다는 듯 아이를 품에서 떠나보냈다. 모든 것에서 벗어나고만 싶었다. 둘 사이에 별다른 애틋함은 없었다. 자식도 엄마도 불만이 없었으니 딱히 비극도 아니었다.

육아 도우미는 해리의 마지막 직업이었다. 미아가 초등학교에 입학할 때까지 5년. 미아와 함께했던 5년은 해리가 기억하기에 마음이 가장 평온했던 시기였다. 무언가를 가만히 응시할 시간

따위 없었는데 그 5년간은 그게 가능했다. 여든 살부터 양로행성으로 이주하기까지 15년 동안 지구에서 비교적 한가한 은퇴 생활을 즐겼음에도 그 시절은 해리의 호시절이었다.

한적한 지역 도서관의 사서는 그 무렵 해리의 로망이었다. 하원한 미아의 손을 잡고 하루도 빠짐없이 그림책 도서관을 이용했다. 도심 속 공원 한복판에 있던 도서관은 여름이면 풀 냄새, 가을이면 낙엽 냄새가 가득했다. 미취학 어린이들이 주 이용객이기에 항상 시끌벅적했다. 그럼에도 해리는 그곳에만 가면 고즈넉함을 온몸으로 느꼈다. 미아는 처음엔 해리가 골라 읽어주던 책을 보다가, 나중엔 스스로 골라 읽기 시작했다. 더듬더듬 페이지 위를 짚어내는 미아의 야무진 손끝을, 집중한 옆모습을 해리는 하염없이 바라봤다.

양로행성에 발을 들이기 직전 입주 신청서를 작성했다. 남들은 몇 날 며칠, 심지어 몇 주를 고심한다지만 해리는 아니었다. 가족 관계와 직업, 거주 형태 등 양로행성에서의 정체성과 생활환경을 선택하는 신청서를 일사천리로 적어나갔다. 독신, 지역 도서관 사서, 그리고 최대한 아날로그적 환경을 모방한 독채의 거주 유닛. 해리에게는 남은 인생을 어떻게 보내고 싶다는 확실하고 구체적인 바람이 있었다. 그 모든 것을 선택할 수 있다는 게 가장 좋았다. 한 번도 받아보지 못한 선물을 받아든 기분이었다. 죽음처럼 깊은 잠을 자야 하는 먼 우주여행이며 인간이 아닌 휴머노이드의 도움을 받아야 하는 행성으로의 이주에 대한 두려움 같은 건 없었다.

그렇게 여생의 밑그림을 그릴 무렵 미아가 방문했다. 점점 상급학교로 진학하면서 바빠진 미아가 해리를 정기적으로 찾기 시작한 것은 대학교 3학년부터였다. 의무감으로 키워 독립시킨 뒤 무뚝뚝하게 자식의 의무를 다할 뿐이었던 해리의 친자와 달리, 자신에게 훨씬 살갑게 굴며 빈번하게 방문한 미아를 해리 역시 내심 기다리곤 했다. 하지만 그날은 달랐다.

"이게 뭐야?"

"뭐긴. 양로행성으로 이주하려고."

미아가 아랫입술을 삐죽거리는 모습에 해리가 지레 덧붙였다.

"남들은 가고 싶어도 못 가는 곳이야. 나도 이제 나 살고 싶었던 대로 한번 살아보자."

"나랑 살기로 한 약속은?"

해리는 미아의 고사리손을 마주 걸었던 그 옛날의 잠자리를 떠올리며 저도 모르게 웃음을 터뜨렸다. 할머니 나중에 나랑 살아. 내가 할머니 필요할 때까지 내 옆에 살아야 해. 여섯 살 미아의 말을 들으며 해리는 마냥 마음이 녹아내렸었다. 다시 그 마음이 된 해리는 그제야 미아의 두 손을 잡아 자신의 무릎 위에 얹었다.

"미아야. 너는 내가 필요하다지만 사실은 아니야. 너도 알잖아. 내가 너를 필요로 하는 순간이 더 많아질 텐데, 나는 싫어. 그러고 싶지 않아. 우리 미아, 이해할 수 있지?"

입을 꾹꾹 누르며 울음을 참던 미아는 끝내 해리를 덥석 안아 버렸다. 많이 서운해했지만 영특한 아이였다. 이해하지 못할 리 없었다. 사탕은 안 돼. 하지만 사과랑 딸기 중에 뭘 먹을지 고를 수 있어. 그러면 어린 미아는 이내 숨을 고르고 딸기를 선택했다. 상황을 더 좋게 만드는 결정을 내릴 줄 아는, 묘하게 어른스러운 구석이 있는 아이였던 것이다.

물론 상상과 현실은 달랐다. 현실 세계의 사서 업무를 그대로 구현해 꽤 꼼꼼함을 요했고, 무엇보다 해리는 가짜 현실이라고 대충 일을 처리할 수 있는 위인이 아니었다. 대부분 휴머노이드인 도서관 이용객들은 뭘 그렇게까지, 하나 싶을 정도로 하이퍼리얼해서 적당히 무례하고 어느 정도 허술했다. 양로행성의 실거주민인 초고령 이용객의 비율도 꾸준히 증가하는 추세였다. 그림책을 찾길래 반가운 마음에 손주의 주문인지, 나이는 어떻게 되는지 묻자마자 동작을 정지한 노년의 이용객을 휴머노이드라고 바로 알아보는 것은 그리 간단한 일이 아니었다.

그러고 보니 지난 일주일 동안 휴머노이드의 이상 징후가 빈번하게 발견되고 있으니 주의하라는 이메일이 떠올랐다. 해리는 망설임 없이 경비 휴머노이드 호출 버튼을 눌렀다. 이내 휴머노이드 2구가 출동했고 문제의 휴머노이드를 비활성화한 뒤 옮겨 갔다. 해리는 그 뒷모습을 물끄러미 바라보았다.

이야기를 가진 인공지능 역시, 뭘 그렇게까지, 싶은 고급 옵션이었다. 맛으로 따지면 일종의 감칠맛이었다. 인간의 일상을 곳곳에서 보조하는 인공지능을 장착한 제품의 고장과 오작동률을 낮추는 것이 중요 과제로 부상했다. 인공지능에게도 어느 정도의 자기 인식이 필요하다는 연구 결과에 따라 다양(하다고는 하지만 다양한 버전의 알고리듬에 불과)한 '모델'의 '자아'로 출발했다. 그러나 휴머노이드의 기능과 활동 분야가 다양해짐에 따라 공장에서 대량으로 생산되는 자아가 아닌, 삽화적 개인 기억을 동반한 안정적인 자기 인식이 필요해졌다.

삽화적 기억을 역사로 장착한 인공지능 첫 세대는 공황장애 상담 치료 인공지능이었다. 복잡하고 섬세한 작업을 수행해야 하는 업종이었는데 첫눈과 풋사과의 감각, 두발자전거 타는 법을 익히고 수영을 배울 때의 성취감, 위태로운 지경까지 화장실 가는 것을 참아야 했던 아슬아슬함 등의 순간을 상담 로봇에게 촘촘하게 삽입할수록 치료 성공률이 월등하게 높아졌다. 특히 환자의 미세한 표정을 인식하여 높아지는 공감 능력은 기억이 부재한 제네릭 모델이 범접할 수 없는 수준이었다.

상담 로봇의 기본 구동 원리는 마음이론. 환자에게 마음을 이입하여 치료를 진행하는데, 제네릭 모델의 경우 반복해서 '나'의 마음을 이입하다가 어느 순간 과부하가 걸리거나 버그가 발생했다. 그러나 개별화된 역사를 바탕으로 자아를 장착한 모델들은 수많은 자아 사이에서 일관된 중심을 잡을 수 있었고, 이로써 다시 환자와 안정된 관계를 형성할 수 있었다. 상담 로봇에서 도우미 휴머노이드까지, 휴머노이드뿐 아니라 가상 비서 인공지능까지 너도나도 맞춤 기억을 탑재했다.

당연한 말이지만 오감을 풍부하게 채운 기억일수록 구체성과 핍진성, 진본성이 높아졌다. 개별의 삽화적 기억을 오류 없이 조합하여 하나의 인격으로 만들어내는 '기억 제조'라는 직업군이 부상했다. 알고리듬 코딩을 넘어 언어학, 심리학, 사회학, 뇌과학, 통계학적 지식으로 무장한 맞춤 기억 전문가들이었다.

미아가 몸담은 기억 제조·관리 업체 '워킹메모리'는 인공지능의 용도와 인격에 맞는 최적의 기억을 제조하는 데 강점이 있었다. 경쟁업체가 생산력을 앞세울 때, 워킹메모리는 정규분포와 아웃라이어를 넘나들며 섬세하고 대담하게 기억을 조합했고, 이로써 인간보다 인간다운 인공지능을 만드는 데 집중했다. 하나의 스토리로 꿰어지는 워킹메모리의 기억을 장착한 인공지능은 해당 업무를 수행하면서 보다 개성적인 인격으로 자체 업그레이드되었다. 워킹메모리가 양로행성 휴머노이드의 기억을 제공하는 주요 업체 중 하나인 것은 당연했다.

양로행성에 납품한 기억 제조과정 전반에 관여했고, 이제는 유지·보수 본부장이 된 미아는 팀장들과 함께 문제의 휴머노이드 1894의 기억을 수동으로 검토했다. 먼저 납품 전 제조한 기억뿐 아니라, 이후 7년간 생성된 기억까지, 그중에서 무작위로 선택된 모먼트를 훑어보았다. 워킹메모리가 제조한 7년 이전의 기억들은 촘촘한 연대표처럼 타임라인상에 시각화되었는데 소셜 네트워크, 통계 자료, 인터넷 검색 자료 등 개별 기억의 원본 출처와 원본 소유자의 카테고리가 태깅돼 개별 정렬도 가능했다. 제조된 기억이 아닌, 7년 동안 경험되고 생성된 기억은 1894의 시각 정보 위주로 CCTV처럼 가공되어 확인할 수 있었다. 1894가 상호작용하는 모든 인간에 대한 간략한 정보는 화면 속 점멸하는 알림 표시등을 통해 언제든 확인할 수 있었다. 모니터를 주시하던 미아가 화면을 정지하고 물었다.

"여기 피피엘PPL이 원래 이 정도로 과했나요?"

휴머노이드들의 의상은 물론, 거주민들의 맞춤 일터에서 제공하는 믹스음료까지 광고와 연동되어 있었다. 양로행성에서는 대부분의 생필품이 일괄적으로 제공되었지만, 거주자의 경제력에 따라 자유롭게 별도로 소비할 수도 있었고, 언제부턴가 양로행성 거주민의 일상생활 곳곳에 맞춤 광고가 자리 잡았다. 문제는 이들 광고에 인간과 휴머노이드 모두가 노출된다는 점이었다. 인간은 주어지는 정보를 선택적으로 받아들이고 노이즈를 처리하는 것이 어느 정도 가능했지만 휴머노이드에게는 모든 외부 정보가 동등하게 입력됐다.

"양질의 정보에 오래 노출된 신경망만이 괜찮은 결과를 내놓고 오류를 생산하지 않는다는 것은 기계학습의 정석이지요. 그런데 이렇게 오염된 정보가 많아서야… 마지막 오류 시뮬레이션 언제 해보셨죠?"

남십자자리 구역 팀장은 더 이상의 대처를 포기한 듯 보였다. 보다 못한 태양계 구역 팀장이 조심스럽게 말을 이었다.

"저질 정보 누적 외의 다른 문제도 가능하지 않을까요?"

"이를테면?"

"이를테면 기억충돌이라든가…"

기억충돌이라는 단어가 언급되는 순간, 모니터 안의 모든 화면이 정지된 듯했다. 낮은 신음소리가 아니었다면 연결 상태의 문제라고 생각할 만했다. 양로행성의 모든 휴머노이드는 중앙시스템에 의해 관리됐다. 섹터별로 휴머노이드의 인공지능이 분리되어 있다고는 하지만 이들 대부분이 탑재한 맞춤 기억의 용량을 생각하면 언제든 데이터 과부하 이슈를 일으킬 만도 했다. 미아는 미간을 찌푸린 채 책상을 두드리던 손가락을 멈췄다.

"양로행성으로 출장계획서 제출하겠습니다."

"직접… 가신다고요?"

팀장들이 화면 안에서 서로의 얼굴을 살피며 상황을 파악하려 노력하는 눈치가 역력했다.

"안 그래도 양로행성 베타테스트가 필요한 신기술 몇 가지가 있었습니다. 이번 오류는 기회라고 해두죠. 그러기 위해선, 이건 사소한 오류에 그쳐야 하겠지요?"

미아는 화면 한구석에서 한숨 돌리는 남십자자리 구역 팀장을 향한 마지막 당부를 잊지 않았다.

보고 싶은 할머니.

할머니, 나야. 잘 지냈어?

거기 요즘 휴머노이드 고장이 심각하다죠? 할머니가 별로 못 느끼고 있다면 다행일 텐데. 암튼 관련해서 긴급 출장일정이 잡혔어요. 그래도 겸사겸사 얼굴 볼 수 있게 돼서 너무 좋다. 일부러 일정도 넉넉하게 잡았어요. 일은 빨리 끝내고 할머니랑 놀려고. 나 할머니한테 만들어달라고 할 음식들 리스트도 다 만들었어, 벌써.

우리 어디 멀리 갈까? 같이 가고 싶은 곳 생각해서 여행 신청하고 준비 절차 밟아놔요.

사랑을 담아, 미아.

미아의 이메일은 평소와 다름없이 찌뿌둥한 몸을 이끌고 퇴근한 해리의 저녁 시간을 평소와 다르게 만들어주었다. 비혼모인 미아 모친의 직업은 프로파일러였는데 근무시간은 불규칙했고 야근 또한 잦았다. 해리는 미아의 첫 번째 생일이 지나자마자 입주 육아 도우미와 다름없이 미아를 돌봤고, 미아는 태어난 지 2년 동안 해리가 자신의 진짜 할머니, 그러니까 엄마의 엄마라고 믿었다.

엄마의 귀가가 늦어지면 미아는 더욱 신났다. 해리가 저녁 식사까지 차려주었으니까. 해리의 요리는 언제나 엄마의 요리보다 훌륭했다.

"엄마도 빨리 늙었으면 좋겠어요. 그럼 요리를 잘하게 될 거 아니에요."

미아의 말에 해리는 무해한 웃음을 터뜨렸고, 마음이 내키면 미아와 함께 피자나 만두를 만들었다. 나이에 비해 손끝이 여문 미아는 제법 도움이 됐다. 지금도 미아는 그때 해리가 해주었던 요리의 레시피를 묻곤 했는데, 계량 정보가 하나도 없는 레시피는 눈금 없는 자처럼 무용지물이었다. 시간이 더 흘러도 미아의 모친이 들어오지 않으면 해리는 미아를 씻기고 옷을 갈아입힌 뒤 책을 읽어주고 잠들 때까지 침대맡을 지켰다. 곤히 잠든 것을 분명히 확인하고 방을 나섰는데도 30분만 지나면 잠에서 깬 미아가 해리를 불렀다.

"할머니."

잠결이라고는 믿어지지 않는 멀쩡한 목소리여서 그새 깼나 들어가보면 실은 잠꼬대였다. 잠결에도 해리의 뺨을 만지작거리면서 중얼거렸다. "할머니 뺨 부드러워." 꿈나라를 헤매던 중에도 나를 부르던 네가 이젠 내가 필요할 때 그 멀리서 날아오는구나. 부드러운 건 사실 내 뺨이 아니라 네 손이었는데.

여행이라…. 해리는 고개를 들어 밝아오는 하늘 한편을 지키고 있는 이곳의 달을 바라보았다.

미아에게 한글을 가르친 것은 해리였다. 함께 길을 걸을 때마다 미아가 가리키는 간판이나 표지판의 글씨를 읽어준 것에 불과했지만. 미아에게 한글 자모 자석을 선물하긴 했다. 들뜬 얼굴로 한 글자씩 만들어보던 미아의 얼굴은 세상 전체를 선물받은 양 상기돼 있었다. 해리가 ㄷ과 ㅏ와 ㄹ을 합쳐서 '달'을 써 보이자, 미아는 이내 ㅏ를 눕혀서 '둘'을 만들었다. 그러고는 "할머니랑 미아랑 둘!"이라며 깔깔댔다. 하루 저녁 내내 자모 자석을 만지작거리던 끝에 ㅇ을 ㅁ으로 바꾸면 '사랑'에서 '사람'이 된다고 재잘거렸다. 그때 두 번째 글자의 ㅏ를 치우고 ㄹ과 ㅁ을 '사' 밑에 보내어 '삶'을 만들어 보인 것은 아마도 해리였겠지. 그런 일이 실제로 있긴 했었나. 해리는 문득 자신이 없어졌다.

이것만은 확실했다. 주어진 규칙 안에서 주어진 재료를 이리저리 조합할 때 미아의 눈은 가장 깊은 빛으로 반짝였다. 길고 긴 퇴직 생활의 한복판에 있던 해리를 찾아온 미아가 기억 제조사 일을 시작했다고 말했을 때 해리는 참 잘 어울린다고 생각했다.

양로행성으로 떠나는 해리를 미아는 끝내 '배웅'하지 않았다. 저마다의 거주지에서 가까운 준비 센터에서 동면에 돌입한 뒤 목적지의 후처리 기관에서 눈을 뜨게 되는 먼 우주여행의 특성상 공항의 출국장이나 기차역 플랫폼에서나 할 법한 '배웅'이라는 말이 여러모로 어색하기도 했지만. 워킹메모리에 막 입사했을 무렵이었고 여러모로 정신도 없었다. 그러나 그 무엇도 진짜 이유가 아니란 걸 두 사람 모두 잘 알고 있었다. 미아는 해리를 말릴 수 없다는 걸 알았고 말려선 안 된다고 되뇌었다. 해리가 선택한 해리의 인생이었으니까. 서운하고도 미안한 마음이야 미아가 스스로 알아서 할 일이었다.

미아에게 행성 출장은 일상이었지만 무인 행성 출장은 처음이었다. 1억 명 이상의 거주민을 거느린 양로행성을 무인 행성으로 보는 것이 맞는지는 관점에 따라 다르겠지만. 행성을 인간이 거주 가능한 상태로 지속시키는 (결정)과정에 현지 인간이 개입되지 않는다는 면에서 '무인'이라는 정의가 어느 정도 가능할 것이다. 그것은 모든 출장 업무를 휴머노이드의 허가와 협업을 통해 진행해야 함을 의미했다.

미아는 휴머노이드 제작사 실무진의 무인행성 출장 후기까지 찾아 읽었다. 원칙과 프로토콜을 최우선으로 하는 인공지능과 신경전을 거듭한 끝에 '창조주의 권위 따위 안중에도 없는 자율 인공지능!'에 대한 과장 섞인 한탄이 가득했다. 미아는 화면에서 눈을 돌려 차창 밖을 바라봤다. 아무리 찾아보아도 남십자자리는 보이지 않을 것이었다. 기원전 1000년까지는 그리스에서도 선명하게 보였던 별자리가 세차운동으로 대부분의 북반구에서 지평선 밑으로 모습을 감췄다던가. 언젠간 호주에 가서 남반구의 길잡이인 남십자자리를 보리라.

남십자자리는 물론 북극성도 가늠하기 힘들 만큼 흐린 밤하늘이었지만 한쪽이 꽉 찬 상현달은 중천에 선명했다. 해리와 함께 정월 대보름달을 바라보던 날이 떠올랐다. 나중에 크면 할머니랑 달나라 여행을 가겠다고 했었다. 그러고 보니 양로행성에도 위성이 있었다. 근거리라지만 할머니도 우주여행을 하고 싶지 않을까. 문득 떠오른 해리와의 여행 목적지 아이디어가 꽤 마음에 들었다. 그런 의미에서 오늘 저녁은 할머니표 만두다!

집에 들어서자마자 미아는 냉동실에서 만두를 꺼내 찜기에 넣었다. 함께 빚었던 만두가 먹고 싶어서 해리에게 물어본 요리법

대로 미아가 혼자 만든 만두였다.

"부추를 쫑쫑쫑 썰고 양파를 거의 다지다시피 잘게 쫑쫑쫑쫑 썰고 다진 돼지고기를 넣어 섞으면서 참기름, 깨소금, 맛소금 대강 넣으면서 간을 해."

의태어인지 의성어인지도 알 수 없는 부사어가 난무하는 이런 식의 요리법을 듣고 결국 만두의 형태를 갖춘 무언가로 완성해냈다는 것만으로도 스스로를 칭찬할 만했는데 그런대로 만두 맛이 났다. 그 옛날 해리가 했던 것처럼 미아는 잔뜩 빚은 만두를 서로 붙지 않도록 얼려서 냉동실에 쟁여두었다. 축하하고 싶은 일이 있을 때마다 꺼내어 스스로를 칭찬했다.

그처럼 만족스러운 저녁을 시작하려는 찰나, 메인 스크린이 화상 전화 알람으로 반짝거렸다. 회사였다. 발신 코드로 미루어 대표인 듯했다. 이 시간의 업무 통화가 흔한 일은 아니었지만 긴급 출장일정이 잡혀 있는 만큼 있을 법한 상황이긴 했다. 최대한 협조적인 표정을 지으려고 애쓰며 미아가 수신 버튼을 터치했다.

"어이."

인사인 듯 감탄사인 듯 혼잣말인 듯한 첫마디는 워킹메모리 이지훈 대표의 트레이드마크였다.

"네."

이에 대한 미아의 응대는 중립적인 짧은 대답, 그리고 본론이

나올 때까지 잠자코 기다리는 것이었다. 지훈이 4초 정도의 침묵을 깨고 입을 열었다.

"출장을 간다죠."

"그렇게 됐죠."

"꼭 직접 가야 해?"

둘은 대학 선후배 사이였다. 풀네임에 '님'을 붙여 공식적인 호칭으로, 상호 존대가 암묵적 규칙인 회사 안에서 둘은 서로를 존대했지만 주변에 아무도 없을 때, 비공식적인 상황에서 대화하고 싶다는 의지를 상대에게 피력하고 싶을 땐 예전의 말투로 돌아갔다. 지훈의 말이 먼저 짧아졌음을 미아가 알아차렸다.

"사람이 직접 가야 하냐는 거야, 내가 직접 가야하냐는 거야?"

"둘 다겠지?"

"기억충돌 이슈일 가능성이 있어."

불만 가득한 침묵이 내려앉았다. 예상 가능한 반응이었다.

"그 밖에 베타테스트가 필요한 사안도 있고."

자신도 모르게 덧붙인 뒤 미아는 혹시나 변명하는 듯 들렸던 건 아닌지 후회했다. 지훈은 능력 있고 무서운 선배였다. 실수를 용납하지 않았고 변명은 더욱 참지 못했다. 지훈이 개의치 않는다는 듯, 아니 오히려 잘되었다는 듯 머리 뒤로 손깍지를 끼며 대꾸했다.

"그랬지. 사실 그게 아니더라도 양로행성이야 우리에게 워낙 중요한 거점이니까 모든 관리를 철저히 해둘 필요가 있지. 안 그래도 직접 출장을 잡으려던 참이었거든."

"누구의?"

"누가 가느냐보다, 왜 가느냐를 물어야지."

"왜?"

"R&D 팀에서 신기술 실험 대상을 물색 중이야."

"왜?"

"왜가 아니라, 어떤 신기술인지 물을 줄 알았는데."

그러게. 그런데 그때는 왠지 그래야 할 것 같았다. 양로행성에서 실험해야 하는 이유를 알게 되면 어떤 신기술인지도 자연스레 알게 된다는 사실을 몰랐음에도.

달, 달, 무슨 달, 미아같이 예쁜 달, 어디 어디 떴나, 할머니 품에 떴지. 그날 밤, 두 사람은 달을 바라보며 그런 노래를 불렀고, 많이 웃었다. 미아는 그때의 찬바람과 따뜻한 손을 기억해냈다.

"할머니!"

미아가 해리를 불렀다. 서고에서 자료를 정리 중이던 해리가 갑자기 들려온 익숙한 목소리의 출처를 찾아 느릿느릿 몸을 돌렸다. 자신이 있는 곳의 반대 방향을 돌아보는 해리를 보고, 미아는 멀리서 해리를 부른 것을 후회했다. 언제 어디에서든 미아가 부르면 귀신같이 알아듣고 달려오던 해리였다. 물론 서고처럼 소리가 울리는 곳에서 소리의 방향을 짐작하는 것이 쉽지는 않았을 것이다. 미아는 오래전 70대의 해리가 미로 같은 아파트 지하실에서 길 잃은 자신의 목소리를 듣고 단번에 찾아왔던 기억을 떨쳐버리려 머리를 흔들었다. 더 이상의 혼란은 무의미했다. 미아가 성큼성큼 큰 보폭으로 다가가 해리를 두 팔로 안았다. 양로행성으로 떠나는 양로행성으로 떠나려던 해리를 마지막으로 보았던 6년 전보다 한결 작아진 몸피가 슬펐다. 해리는 그 옛날 미아처럼 환하게 웃었다.

둘은 맞잡은 손을 놓지 않은 채 근방의 카페로 향했다. 30분 정도 일찍 퇴근하는 해리를 나무랄 사람, 아니 휴머노이드는 아무도 없었다. 두 사람은 따뜻한 허브티를 들고 창가에 자리 잡았다.

"엄마는 잘 계시고?"

해리는 미아의 모친이 늘 마음에 걸렸다. 걷어내야 할 눈앞의 일상이 너무 빽빽해서 아이와의 빛나는 시간을 매번 놓치고 마는 모습이 꼭 자신의 과거를 연상시켰다. 그러나 해리가 할 수 있는 일은 없었다. 당장 텔레비전을 보겠다고 울며 떼를 쓰다가도 식사 후 먹기로 했던 아이스크림을 떠올리며 제정신으로 돌아오는 미아와 지내는 날들을 최선을 다해 즐길 뿐이었다. 자신의 아이와 보내지 못했던 시간을 선물해준 미아와 미아의 모친에게 늘 고마워하면서.

"잘 지내겠지."

미아가 창밖을 주시하며 대답했다. 걸음의 보폭과 속도만으로도 거주민과 휴머노이드를 구분할 수 있겠다는 생각을 했다.

"여전하구나."

해리 역시 짧게 대답했다.

"할머니는? 여긴 어때?"

미아가 화제를 돌렸다. 건너편 미용실로 향하기 위해 횡단보도에서 신호를 기다리는 할머니의 백발이 참 고와 보였다.

"너무 좋지."

바로 그 순간 해리의 얼굴에 생기가 더해졌다. 해리는 한쪽 손을 들어 올려 크게 흔들었다. 해리의 시선이 향하는 곳에 아까의 그 고운 백발의 할머니가 있었다. 그쪽 역시 해리를 향해 볼이 빨개질 만큼 열심히 손을 흔들었다. 빨리 길을 건너라고 해리가 손짓하자 볼 빨간 할머니는 이내 고개를 끄덕이며 발걸음을 옮겼다. 신호가 바뀌고 작은 뒷모습이 미용실 안으로 사라질 때까지 눈을 떼지 않던 해리가 중얼거렸다.

"옆 유닛에 사는 동생이야. 이름은 메이. 저 미용실에서 일해."

"할머니가 도서관에서 일하는 것처럼?"

"아니야, 메이는 저기서 진짜로 월급을 받아."

금시초문이라는 듯 미아가 바라보자, 해리가 덧붙였다.

"장장 45년 동안 대학원 학자금으로 빌린 대출금을 갚고 있지."

3년 전 양로행성으로 이주하기 전까지 메이는 비주얼 아티스트 프리랜서였다. 내로라하는 영상물 작업 다수에 참여한 덕분에 꽤 오랫동안 현역으로 활동할 수 있었다. 그러나 42년 동안 모은 돈으로도, 예술제작대학원 등록금의 원금과 수입을 기반으로 책정되는 이자를 상환하기란 쉽지 않았다. 길고 긴 인생을 안온하게 마무리하기 위해 찾아온 양로행성에서조차 대출을 갚기 위해 일해야 했다. 비상식적인 실업률과 극단적인 고령화가 빚은 웃지 못할 해프닝이랄까. 그나마 메이처럼 노년에 발견한 손재주가 경제적 대가를 받을 수 있을 만한 수준이라면, 그리고 본인이 그 일에 충분한 적성과 흥미를 발견한다면 바랄 게 없었지만.

메이에 대해 조곤조곤 설명하는 해리를 보면서 미아는 할머니에게 이런 소녀 같은 면모가 있었던가, 새삼 신기했다. 범인 취조 및 사후 상담이 잦았던 미아의 엄마는, 기억 제조사가 되어 온갖 사람들의 기록을 헤집게 된 미아에게 말한 적이 있었다. 자기 자신에 대해 말하기를 제일 좋아하는 게 인간이지만 그 인간의 말 중에 제일 믿을 수 없는 게 스스로에 대한 말이라고. 상담 녹취나 경찰의 취조 기록, 재판이나 회의의 속기록처럼 애정이든 증오든 감정을 담아 다른 사람들에 대해 하는 얘기가 진짜라고. 과연 그랬다. 본인에 관한 이야기를 스스로 가공할 수 있는 소셜 미디어 속 짧은 영상이나 글귀에서도 사람들은 앞뒤가 맞지 않고 오류투성이인 이야기를 쏟아냈다.

두 사람은 떡볶이를 사들고 해리의 집으로 돌아왔다. 함께 여행 계획을 세우고, 수다도 떨고, 무엇보다 간만에 할머니와 특식을 먹을 수 있었다. 자극적이고 기름진 분식은 이 행성 사람들이 1년에 한 번 먹을까 말까 하는 별식이었다. 창가 옆 식탁에 앉아 포장을 뜯는 해리의 손길에서 묘한 흥분이 느껴졌다.

그런 해리를 뿌듯하게 바라보던 미아가 귀가하는 메이를 발견했다. 반가운 마음에 창을 열어 알은체하자 해리가 반문했다.

"미아, 네가 메이를 어떻게 알아?"

당혹감이 걱정으로 바뀌며 미아와 메이의 눈이 마주쳤다. 메이가 빠르게 두 사람의 표정을 살피더니 이내 가까이 걸어왔다.

"어떻게 알긴! 언니가 미아 자랑을 얼마나 자주 했어? 처음 만나네요, 여기 옆집 사는 메이라고 해요."

걸음만큼이나 빠른 눈짓으로 미아에게 신호를 보내는 메이는 이런 상황이 그리 낯설지 않은 듯했다. 길 잃은 아이 같던 해리의 얼굴이 다시 환해졌다. 미아가 애써 미소를 띨 차례였다.

양로행성 출장 보고
- 현지 파견/관찰 담당: 진미아 유지·보수 본부장
- 출장 목적 :

출장 목적이라…. 막간을 이용하여 출장 보고서를 쓰기 시작한 지 10초 만에 미아는 입력을 멈췄다. 이지훈 대표에게서 받은 미션은 어디까지나 비공식이었다. 애초에 출장계획서에 명시했던 사안만을 보고해도 충분하리라.

- 출장 목적: 고장난 휴머노이드의 상호작용 환경 등을 전수 수동/대면 검토하여 원인의 소재를 규명하고 해결 방법을 모색한다.
- 주요 내용 및 업무 진행사항:
  (1) 휴머노이드 고장센터 방문: 최초 문제 발생 개체인 휴머노이드 1894번을 비롯하여 초반 24시간 내 문제가 발생한 휴머노이드 14구를 대면 검토하여 상호작용 지수 등 확인 → 현재 1894번을 제외하면 중증 고장은 전무함. 중증 고장 증세는 고장보고에

설명된 것과 동일. 나머지 13구의 상호작용 지수는 정상과 비정상의 경계를 넘나들며, 일상적 대화 수행 시 주제에 따라 지수의 차이가 있음. 이때의 오류를 발생시키는 주제는 개체별로 다름.

(2) 초기 문제 발생 휴머노이드 14구와 밀접 상호작용 후 문제를 감지한 A구역 거주민 20명 대면 인터뷰 → (1)에서 휴머노이드 대면 검토 시 감지된 일상적 대화 시의 지수를 확인한 결과 오차가 발생한 대화는 공통적으로 공적 영역이 아닌 사적 영역에 해당하는 것으로 추정. 단순 언어회로 고장 가능성 제외.

(3) 이후 유사하지만 경미한 증상을 보이는 것으로 보고된 휴머노이드 27구를 밀착 관찰하기 위해 B구역 방문 →

양로행성은 모두 세 구역으로 나뉜다. 일반적으로는 일상생활을 영위하는 1억 명의 거주지와 거동이 불가능하거나 스스로 생명을 유지하기가 어려운 병상인구 2천만 명의 거주지가 구분된다는 것까지만 알려져 있다. 하지만 일상생활을 영위하는 사람들도 두 종류로 분류되어 있다는 것은 양로행성 디자인 및 운영 실무자, 실 거주자, 그리고 진지하게 거주를 고민하는 사람들 간에만 공유되는 세부사항이었다. 해리나 메이처럼 유사 직업생활까지 가능한 7천 2백만 명이 살아가는 A구역, 그리고 치매가 일정 단계 이상 진전되어 인지 및 신체 능력상 안전하고 온전한 일상생활을 영위하기가 불가능한 2천 8백만 명이 관리되는 B구역으로 나뉘었다. A구역이 은퇴자를 위한 거대 테마파크 겸 거주지를 표방한다면 B구역은 테마파크 기능을 탑재한 요양병원이었다.

A구역 주민만큼은 아니어도 병상인구보다는 인지 및 신체 능력이 활발한 B구역 주민들은 개별적으로 세심하게 구상된 유사 일상환경을 제공받았다. A구역 거주민처럼 마트에서 장을 보고 우체국에서 카드를 부치고 미용실에서 머리를 다듬는 등 본인이 하고 싶은 일로 하루하루를 채워나갔다. 실제 경제활동이 가능한 실 거주민이 섞여 있는 A구역과 달리 B구역의 마트와 우체국과 미용실 등에서 거주민을 응대하는 이는 100퍼센트 휴머노이드였다. 이곳 주민들은 하루에도 몇 번씩 본인이 누구이며 왜 그곳에 있는지 깜빡하기 일쑤였는데 그때마다 알츠하이머 간병 기능을 고감도로 활성화한 이들 휴머노이드가 나섰다.

첫 번째와 두 번째 업무를 모두 오전에 처리한 미아는 세 번째 업무를 진행하기 위해 B구역 입구에서 진입 허가를 기다리는 중이었다. 표면적이고 직접적인 출장 목적과 관계없는 베타테스트는 내부용 안건이었기 때문에 보고서를 작성할 필요가 없었다. 그리고 그에 더해진 대표의 추가 미션이 미아의 마음을 연신 무겁게 만들고 있었다. 바로 그때, B구역 입구의 패널에 미아의 진입을 허가하는 표시가 떴다. 한숨을 내쉰 미아는 현재 상태로 출장 보고서를 임시 전송한 뒤 일어섰다.

B구역의 길거리는 A구역과 여러모로 달랐다. 보행자들의 보행 속도가 더욱 느려진 것은 물론 방향성마저 불분명했다. 인간을 주시하는 휴머노이드의 반응은 최고 민감 단계로 설정돼 있었다. 목표 없는 인간의 갈 곳 잃은 눈빛과 확실하고 구체적인 목표를 가지고 사방을 주시하는 휴머노이드의 시선이 대조를 이뤘다. 구역과 달리 표지판을 흉내만 냈을 뿐인 버스정류장에는 무표정한 노인들이 오지 않는 버스를 기다리며 옹기종기 모여 있었는데 그 모습이 묘하게 간절해 보였다. 관리자 휴머노이드들이 어디선가 나타나 이들을 수거해갔다. 카트를 끌고 홀로 마트 주차장을 헤매던 노인이 가슴을 움켜쥔 채 쓰러지자 마트 직원 복장을 한 휴머노이드가 뛰어나와 필요한 응급조치를 한 후 환자를 이송했다.

두루마리 휴지와 와인, 강력본드 등의 물건들이 두서없이 담긴 카트 역시 안전요원으로 보이는 휴머노이드가 수거해갔다. 물건들을 제자리로 돌려놓는 휴머노이드에게 미아가 다가갔다.

"안녕하세요? BC-8927 맞지요? 진미아라고 합니다."

그날 오후 미아는 그렇게 27구 전부와 접촉했다. 그들은 주거유닛, 공원, 그리고 병원 등 다양한 장소와 세팅에서 A구역과는 비교도 되지 않는 수준의 역할극과 고강도의 간병 업무까지 동시에 수행하고 있었다. 집 밖으로 나갈 일이 없어 간병인 외에는 만날 사람이 없는데도 거울을 손에서 놓지 못하는 인간, 자꾸만 죽고 싶다고 말하면서도 하루 열 번씩 끼니를 요구하며 반찬 투정을 하는 인간, 자아를 포함해 모든 것을 놓아버린 인간의 곁을 기억과 자아를 지닌 휴머노이드들이 지켰다. 구역 전용 휴머노이드의 기억을 제조할 때 미아는 치매 간병이라는 작업의 특징을 고려해 자아 민감도를 최대한 낮춰달라는 주문을 받았다. 언제나 제자리인 인간을 구완하는 일의 스트레스는 엄청났고, 자아를 '좀먹는다'라는 표현은 과장이 아니었다. 한편 동일한 인격으로 설정된 치매 간병 휴머노이드를 비교해보았을 때, 휴머노이드가 한 사람을 오래 돌볼수록 인간의 만족도는 높아졌다. 모두의 노화, 치매 진행 방식은 저마다 달라서 휴머노이드와 인간이 호흡을 맞추는 데에도 시간이 필요했던 것이다. 그러다 보니 일상적으로 어마어마한 스트레스가 쌓이는데도, 상호작용 레벨을 낮추거나 기억을 포맷할 수도 없었다. 고작해야 휴머노이드의 자아 민감도를 낮추는 방법뿐이었다.

27구의 휴머노이드들은 다른 구역 휴머노이드의 고장 증상에 더하여, 특정한 요청 화행의 입력 오류 문제를 공유하고 있었다. 흥미로운 것은 직접적이고 명시적인 요청의 입력에 더 어려움을 겪는다는 점이었다. 일반적으로 인식과 구사의 난이도가 더

높다고 알려진 간접적·암시적 요청을 받았을 때는 별다른 문제 없이 과정을 수행했던 휴머노이드가 "머리 빗겨줘"라는 직접 요청에는 드라이어를 가져오거나, 침대에 누운 채 "물!"이라고 외치는, 간결하기가 이루 말할 수 없는 요구를 듣고는 우왕좌왕하며 필요한 행동을 출력하지 못했다. 그러다가도 해당 요청이 다른 요청으로 넘어가면 이는 문제없이 수행했다. 이들이 책임지는 인간의 요구 또한 매순간 변하기 마련이어서 의외로 이러한 오류가 큰 문제를 유발하지는 않는 게 다행이라면 다행이었다.

미아가 마지막으로 관찰한 개체는 노부부의 주거 유닛에 상주하는 간병 휴머노이드였다. 부부는 이른 저녁 식사를 마치고 각자의 침실로 돌아가기 전 취침 인사를 주고받았다. 둘은 서로의 손을 맞잡고 가만히 서로의 눈을 응시했다. 남편이 아내의 주름진 손에 입을 맞추고 말했다.

"잘 자요. 그동안 고마웠어요."

두 사람을 각자의 방으로 옮긴 뒤 거실로 나온 휴머노이드에게 미아가 물었다.

"둘 중 한 분이 어디 멀리 가시나요?"

"아니요. 매일같이 저렇게 마지막 인사를 미리 나눈 지 168일 됐습니다. 내일이 되면 둘 중 한 명이 제정신이 아닐 수도 있다면서요. 실제로 다음 날 아침 한쪽의 인지기능이 자아불일치 단

계까지 떨어진 경우가 몇 번 있었습니다. 몇 시간 뒤 정상 범위 안으로 간신히 올라오긴 했지만요."

마지막 남은 의식을 그러모아 평생을 함께한 인연을 정리하는 이들만의 방식이었다. 그날 B구역에서 27구의 휴머노이드와 이들이 간병하는 인간 38명의 자아와 기억이 제각기 다른 방식으로 희미해지는 광경을 목격하는 동안 미아는 이지훈 대표와의 마지막 화상 통화 내용을 내내 곱씹었다.

미아와 지훈이 함께 학교에서 기억 제조 기술을 공부할 무렵 양로행성 프로젝트가 본격적으로 상용화됐다. 동기들 간의 치열한 경쟁 끝에 미아는 지훈의 졸업 프로젝트를 도울 기회를 얻었다. 며칠 밤을 작업실에서 지새우면서 동고동락하던 시절, 지훈 일행이 단골 라면집에서 야식을 먹을 때였다. 먼 우주여행길에 오르게 될 첫 번째 이주민 그룹에 대한 뉴스를 접한 것은. 깊은 동면 이후 진행되는 웜홀 비행까지, 지구 시간을 기준으로 3일 안에 가능한 먼 우주여행은 태양계 등 근거리 우주 비행과 달리 물리적 충격이 비교할 수 없는 수준으로 낮아서 고령의 인간들에게 오히려 적합했다. 지훈이 젓가락에 면발을 야무지게 말면서 말했다.

"그래봤자, 대면하고 싶지 않은 예정된 미래를 멀리멀리 보내버리겠다는 거잖아. 대단하지 않냐? 인간이 인간이지 않은 상태로 얼마나 오랫동안 생을 지속할지 알 수 없는 불확실성에 대처하기 위한 우주적 규모의 실험. 저건 대처가 아닌 방관이지."

양로행성 개발 착수 시절부터 알 수 없는 불안감에 휩싸였던 미아는 냉소적 방관자 같은 지훈의 말투가 귀에 거슬렸다. 한 젓가락 크게 면발을 입에 넣은 지훈이 국물까지 시원하게 들이켠 뒤 말을 이었을 때였다.

"이러니저러니 해도, 휴머노이드와 인공지능 수요가 엄청나게 늘어날 테니, 우리가 불만을 가질 문제는 아니지."

미아는 그때 자신이 지훈을 무서워하는 것이 아니라 좋아하지 않는다는 것을 깨달았다.

미아는 양로행성에 도착한 뒤 거듭 확인했다. 방치된 미래에서도 삶은 지속된다는 것을. 새삼스럽게 시작한 인연을 소중하게 키워가고, 평생의 빚을 성실히 갚으며, 매일 공들여 이별하는 것으로 암보다 독한 최후의 형벌에 대비하면서.

임상실험을 앞둔 워킹메모리의 신기술은 양로행성을 다시금 '방관'이 아닌 '대처'의 경지로 돌려놓을지 모를 구원이라고, 이지훈 대표는 그렇게 믿고 있었다.

"양로행성 인구의 대부분인 A구역 주민들이 가장 두려워하는 게 무엇일 것 같아?"

"병동으로 옮겨져 의식 없는 삶을 시작하는 거겠지."

미아의 대답을 들은 지훈은 그럴 줄 알았다는 듯 피식 웃었다.

"아니, B구역 이주 판정이야. 의식을 완전히 잃고 병상에 누워 있는 건 괜찮지. 그 무렵엔 두려움을 인지할 능력 자체가 없을 테니까. 하지만 B구역은 달라. 익숙했던 나 자신이 점점 멀어지고, 새로운 자아가 그 자리를 파고드는데 저항할 수 없지. 그렇게 주도권을 빼앗기는 과정이 심지어 순차적이지도 않아. 얼마나 오랜 시간이 걸릴 지도 몰라. 상상이 가? 그걸 속수무책으로 바라만 보는 심정? 블루필은 그런 이들을 위한 확실하고 유일한 대안이야."

아니, 선배도 몰라, 그 심정. 이제 미아는 그렇게 대꾸할 수 있었다. 양로행성의 인간을 좀먹는 첫 번째 불안감은 내가 누군가에게 피해를 주거나 짐이 될지도 모른다는 불안감이었다. 해리가 미아의 섭섭함을 뒤로한 채 양로행성으로 이주한 것은 그 불안을 아주 많이 미리 앞당긴 결과였지만 언젠가는 닥칠 미래였다.

내부 호칭일 뿐이라지만 신기술의 예명에는 이지훈 식의 냉소가 담겨 있었다. 절망적인 진실이 아닌, 축복받은 무지를 의미하는 파란 알약blue pill이라니. 매사 지독하게 냉소적인 그 태도는 변함이 없었다.

첨단의 인공지능 뇌영상 기술을 등에 업은 세계 최고 인공지능 개발 업체와 워킹메모리가 공동 개발 중인 블루필은 신약이 아니라 인체에 이식하는 애플리케이션이었다. 치료나 예방이 목적이 아니라, 치매라는 절망에 대처하는 혹은 절망과 함께 살아가는 방법을 모색하는 기술. 이들은 일찌감치 위축된 뇌와 신경전달물질의 전반적 부실화로 발병하는 치매의 원인을 정확히 규명하여 치료하는 건 불가능하다는 잠정적 결론을 내렸다. 차라리 증상에 대처할 대안을 준비하자는 입장이었다.

이들에게 치매에 걸린 인간이란 불량 바이러스에 감염되어 총체적으로 기능이 저하된, 그러나 수리나 교체조차 불가능한 중앙 처리 장치였다. 따라서 부실해진 하드웨어가 예전과 유사한 기능을 수행할 수 있도록 에뮬레이터를 달아주는 것만이 유일한 해결책이라고 보았다. 물론 트레이드오프는 필수였다. 블루필의 교환 대상은 현재와 과거. 신규 파일의 저장 공간과 처리 속도를 확보하기 위해 저장 여부조차 가물가물한 옛 파일을 정리해야 했다. 설명을 들은 미아의 첫 반응은 싸늘했다.

"워킹메모리가… 구체적인 과거가 자아의 핵심이라고 믿는 워킹메모리가 그런 기술을 앞장서서 개발했다니 말문이 막히는데…"

지훈은 그런 미아의 시선을 피하지 않았다.

"지독한 치통에 시달리는 사람이 있어. 충치를 치료할 방법은 없어. 어떡할래?"

미아가 팔짱을 낀 채 잠자코 지훈을 응시했다.

"원래의 치아가 최선이죠, 불편하고 고통스러워도 한번 견뎌 보세요, 할래? 마취제 놓고, 돌이킬 수 없이 손상된 본래의 이는 발치하고, 새로운 인공 치아를 이식하자는 거야. 이게 원래의 치아를 유지하는 것보다 비인간적일까? 원래 호모 사피엔스의 육체는 40년 사용기한으로 디자인된 기기야. 그런 기기를 그 세 배에 달하는 기간 동안 사용하려면 이것저것 튜닝해야 하고 필요하다면 복잡한 기능도 단순화해야지."

미아가 팔짱을 풀었다. 지훈은 이를 놓치지 않았다.

"모든 기억이 실시간 분류를 거쳐 망각 레벨을 부여받게 될 거야."

지훈에 의하면 블루필의 우선적인 삭제 타겟은 잊힌 기억, 그중에서도 지금 이곳의 '나'와 가장 거리가 먼 기억이었다. 예를 들어 첫 소풍의 기억. 그걸 지우고 지금 내가 음식을 섭취하고 있다는 사실을 기억하게 만드는 식이었다.

"내가 기억하는 줄도 몰랐던 첫 번째 소풍날 아침의 설렘이 아무리 소중하다 한들, 지금 아침 식사를 하고 있다는 사실을 기억하지 못해서 아침을 두 번 먹고 더부룩한 속으로 하루를 보내고 싶은 사람이 있을까?"

예나 지금이나 지훈의 예시는 오만했다. 이곳에선 그 예시가 적나라한 일상으로 반복되고 있었다.

"양로행성 인구가 1억 2천만, 그중에서 우리가 파악하기에 블루필 시술의 잠재적 수요는 현재 5천만인데 앞으로 점점 늘어날 일밖에 없어. 아니지, 양로행성을 필드 테스트 삼아 전 우주의 고령 인구가 잠재고객이 될 거야."

옳다고 믿는 기술이 무한한 시장가치까지 지녔다는 사실에 지훈은 흥분해 있었다. 자신 역시 기꺼이 그 기술을 수용하겠다는 개발자에게 들이밀 수 있는 반대 논리는 없었다. 지금과 여기로부터 까마득하게 멀리 떨어진 양로행성에서 미아는 더욱 말문이 막히는 기분이었다. 지난 저녁의 해리의 눈빛 또한 머릿속을 떠나지 않았다. 자신을 바라보는 미아의 놀란 표정에, 무엇이 잘못인지 지난 몇 시간을 더듬는 해리는 절박하고 황망해 보였다. 그 불안을 덜어준 것은 메이의 배려였다. 모든 것이 제자리에 있으며 잘못된 것은 없다는 다독임이었다. 블루필이 그것을 줄 수 있을까.

하루하고 반나절에 걸쳐 공식 업무를 마친 미아는 출장 보고서를 마무리하기 위해 엊그제 방문했던 카페로 들어섰다. 그곳에서 해리의 늦은 퇴근을 기다려 함께 여행 계획을 마무리할 생각이었다. 대표의 비공식 지시는 여행 이후로 미뤄두었으니 출장 보고서만 끝내면 본격적인 휴가였다. 주문한 음료에 입을 대기도 전에 기기를 여는 손길이 모르게 바빠졌다. 그런 미아를 반긴 것은 대표가 보낸 추가 업무 지시 사항이었다. 일부 전송한 보고서의 건의에 대해 문제를 제기할 수는 있을 거라고 생각했다. 하지만 이런 사안일 줄은 몰랐다.

입도 대지 않은 음료에서 마지막 열기가 빠져나갈 무렵 해리가 카페에 들어섰다. 미아는 입구 쪽을 향해 앉아 있었지만 해리가 다가갈 때까지 미동도 없이 모니터와 눈싸움 중이었다. 해리가 어깨에 팔을 두르자 그제야 서둘러 기기를 닫았다.

"깜짝이야, 할머니는 나이 들더니 더 조용히 다니시네."

너스레를 떨던 미아가 해리의 표정을 보고 입을 다물었다. 입꼬리를 들어올렸지만 도저히 웃을 수 없다는 눈빛으로 해리가 맞은편에 앉아 입을 열었다.

"미아야, 이걸 어쩌지."

양로행성의 거주민들은 행성에 발을 들이는 순간 행성 시스템 안에 모든 것이 귀속된다. 경제 활동은 물론 이동의 자유 등 많은 행위가 금치산자 수준으로 제약을 받게 된다. 대표적으로 입소와 달리 퇴소는 자의로 결정할 수 없었다. 다른 외계행성에 있던 가족이 양로행성을 방문하는 것은 자유로웠지만 가족과 함께 양로행성 바깥은 물론 행성 안을 여행하는 것은 또 다른 일이었다. 통과해야 할 검사와 완료해야 할 절차가 이루 말할 수 없었다. 덕분에 해리는 미리미리 각종 검사를 마치고 결과를 받아들자마자 양로행성을 뜰 만반의 준비를 마쳤다. 그런데 오늘, '여행불가'라는 결과가 나온 것이다. 근육량과 골밀도 등이 기준치에 약간씩 못 미쳤다. 고전적 방식의 근거리 우주여행을 하기에는 물리적·신체적 능력이 따라주지 않는다는 것이었다.

공식 검사지에 쓰인 결과와 이유는 지나치게 간결했다. 평소모든 문제의 상황과 원인에 대해 극도로 자세한 보고를 요구하는 미아는 이를 참을 수 없었다. 양로행성 시스템 내부에 접근하기로 결심한 미아가 따뜻한 우유를 한 잔 주문해서 해리에게 내밀었다. 맞은편의 해리가 우유를 마시는 동안 미아는 다음과 같은 사실을 알게 됐다.

육체적 기준 미달은 부차적 문제였다. 해리가 기준에 미달한 영역은 인지 영역이었다. 언어, 시공간 인지력, 전두엽 집행기능, 집중력 등은 양호했으나 기억력이 정상 기준에 크게 못 미쳤다. 분기별로 이뤄지는 정밀 검사 결과를 비교하자, B구역 이주 결정이 내려지는 기준에 빠른 속도로 근접하고 있음이 드러났다.

지훈의 추가 업무 지시의 배경을 이런 식으로 확인하게 될 줄이야. 출장 직전 지구에서 지훈은 블루필의 임상실험 대상자를 물색하여 추천 사유와 함께 보고할 것을 지시했다. 알츠하이머

형 치매 스펙트럼상 경도인지장애의 후기에 속한 그룹을 중점적으로 파악하면 좋다고 했다. 이미 치매가 일정 단계 이상 진행된 경우 트레이드오프할 만한 기억 자체가 남아 있지 않았기 때문이었다. 그리고 오늘 전달된 새로운 업무 지시는, 실험 대상자들을 시스템상에서 찾아냈으니 시술을 권유해서 설득하라는 내용이 담겨 있었다.

'이지훈 이 언니는 이런 얘기를 꼭 이렇게 문서로 전달하지. 나와 할머니의 관계를 다 알고 있었으면서.'

미아가 소리 없이 이를 갈며 모니터에서 눈을 돌렸다. 그리고 워킹메모리가 찾아낸 블루필 임상실험 적합 대상자 중 한 명을 바라봤다. 뜨거운 우유를 후후 불어 마시던 해리가 미아의 시선을 느끼자 머그컵을 내려놓았다. 팔을 뻗어 그 입술에서 거품을 닦아주며 미아가 말했다.

"우리… 그냥 내일 가자, 여행."

저 멀리 항성의 마지막 햇살이 행성 위에 비스듬히 몸을 누였다.

"안전벨트와 헬멧 착용을 부탁드립니다. 대기권 배리어를 벗어날 때 다소 진동이 예상됩니다. 궤도 비행을 시작하면 15분 안에 진정될 것입니다."

휴머노이드 승무원이 개인 안전 장치를 비롯하여 선실 내 기기들을 점검한 뒤 나갔다. 서로의 벨트와 헬멧을 확인하던 미아와 해리가 문이 닫힌 것을 확인하자마자 의미심장한 눈빛을 주고받았다. 항성계 여행도 아닌 위성 여행용 우주정 내부는 단단하고 아늑한 캠핑카 같았다. 월면 이동을 위한 로버와 외부 활동이 가능한 생명유지 장치 등이 장착된 이착륙선은 물론, 1박 2일 동안 선내 거주가 가능한 수면 및 영양 섭취 장치까지 갖추었다.

우주정, 이착륙선, 로버 등 모든 운송수단은 무인운전이 기본 모드였다. 여기에 단 한 구일지언정 휴머노이드 승무원까지, 두 사람은 말 그대로 거대한 인공지능 안에서 크고 작은 인공지능에 둘러싸여 있는 셈이었다. 두 사람의 여행에 무인행성의 유기적인 인공지능망은 이루 말할 수 없을 정도로 크게 기여했다. 그 중 압권은 백도어를 통해 양로행성 개인기록 관리시스템에 접속한 미아가 여행 불가 판정을 받은 해리의 검진 기록을 간단히 조작한 것이었다. 죄책감은 없었다. 해리와 함께하는 마지막 여행이 될지도 모를 기회를 여기까지 와서 놓칠 수는 없었으니까. 미아는 양로행성에 떠오른 '달'을 물끄러미 바라보던 해리의 옆모습을 보고 모든 우려는 뒤로 하기로 했다.

양로행성에 구비된 근거리 여행 우주정이었던 탓에 각종 물리적 충격 흡수 장치가 잘 되어 있다는 점도 여행을 결심하는 데

크게 기여했다.

우주정은 행성시 오전 8시에 양로행성을 출발하여 여덟 시간 뒤 제1위성 궤도로 진입할 예정이었다. 양로행성의 성층권을 벗어나 사위가 잠잠해졌다. 웜홀을 통한 먼 우주여행이 일상화된 시대라지만 근거리 우주여행은 여전히 아날로그 같은 매력이 있었다. 이렇게 거대하고 육중한 쇠붙이가 끝내 중력을 거슬러 우리의 몸을 진공 상태로 띄워낸다. 미아와 해리는 간만의 근거리 우주여행이 주는 흥분 상태를 만끽했다.

둘의 시야는 양로행성의 모습으로 가득 찼고, 그 반대쪽으로는 달이 떠올랐다. 지구와 달리 여러모로 소박한 규모의 양로행성은 다섯 개의 위성을 거느렸지만 대부분 소천체 혹은 운석 수준이었다. 달이라는 이름에 걸맞은 규모의 위성은 하나뿐이었고 양로행성과의 거리도 제법 가까웠다.

이 위성은 지구에서 '폐기위성'이라는 애칭 아닌 애칭으로 이름을 알렸다. 양로행성과 마찬가지로 애칭이라기엔 너무 적나라했지만. 태양계 곳곳을 비롯한 우주 구석구석에서 인간이 생산하는 지상 및 우주쓰레기가 더 이상 간과할 수 없는 수준이 되자, 행성 전체를 폐기물 처리 용도로 사용하자는 해결책이 현실화된 결과물이었다. 항성 간 우주 이동이 가능해지면서 생긴 문제를 항성 간 우주 이동 기술을 통해 돌파했다고나 할까. 어쩌면

'쓰레기위성'으로 부르지 않는 것이 다행스러운 일인지도 모르겠다.

암석형 천체인 폐기위성의 대기는 달만큼이나 희박했다. 주요 암석의 빛깔에 따라 바다와 고지를 구분할 수 있었고 크레이터와 같은 지형까지, 여러모로 달과 유사했다. 지구로부터 300여 광년 떨어진 곳에서 발견한 쌍둥이 달을 폐기물 처리 장소로 삼은 것이다. '내가 사랑했던 자리마다 모두 폐허'라는 대단히 20세기적인 허풍의 가장 큰 비극은 그것이 매우 사실이라는 점에 있었다.

"달, 달, 무슨 달."

해리와 단둘이 탑승한 무인조종 착륙선이 하강을 시작하자 미아가 저도 모르게 노래를 흥얼거렸다.

"미아같이 둥근 달."

이내 해리가 뒤 구절을 이어 불렀다. 둘은 각자 관람창에 코를 박은 채 함께 키득거렸다. 미아가 말했다.

"기억나? 그때 내가 약속했잖아. 같이 달나라 여행 가자고. 약속 지켰다, 나."

언제부턴가 '기억나?'라고 말문을 여는 것이 조심스러워졌다. 하지만 도저히 그 말을 통하지 않고서는 시작할 수 없는 화제들이 있었다. 그리고 해리와 미아는 그런 화제들로만 대화를 이어

나갈 수 있는 관계였다.

"잘 살았네. 우리 둘 다."

해리가 혼잣말처럼 중얼거리는 소리에 미아는 마음이 놓였다.

무인조종 착륙선이 지상에 가까워지면서 폐허가 눈에 들어왔다. 행성 대기의 마찰열로 완전 소각이 불가능할 만큼 사이즈가 크고 수명이 다한 인공위성이나 왕복선과 같은 대형 우주 쓰레기는 물론 플라스틱 등 처치 곤란한 생활폐기물과 각종 방사성 폐기물까지 멀고 먼 시공간에서 날아온 쓰레기가 폐허의 풍경을 나날이 바꾸는 중이었다. 물론 일정한 크기의 큐브로 변형된 폐기물의 원형을 알아보는 것은 거의 불가능했다. 몇 차례 붕괴와 재건을 반복한 듯 켜켜이 쌓인 큐브들이 이룬 구조물들이 협곡마냥 준엄했다. 바빌론의 탑을 무너뜨릴 만한 신조차 몇백 광년 멀리 따돌렸다는 듯 도도한 풍경이었다.

착륙선은 그 모든 폐허로부터 적당히 거리가 떨어진 곳에 무사히 발을 디뎠다. 미아는 착륙 이후 로버를 이용해 지대가 높아 폐허를 굽어볼 수 있을 만한 곳으로 착륙선을 이동시켰다. 폐허위성의 면모는 물론 양로행성과 멀리 태양계가 있는 방향까지 바라볼 수 있는 장소를 미아가 미리 물색해두었던 것이다.

방사선 차폐 특수 처리가 된 우주 방호복을 갖춰 입은 두 사람이 월면 탐사, 아니 관광에 나섰다. 착륙선이나 로버 안에서 전망창을 통해 관람한다면, 여기까지 와서 우주정 내부에만 머물다 가는 것과 같았다. 엄마의 눈을 피해 먼 동네까지 모험을 떠나곤 했던 두 사람은 40년 가까운 세월이 흘러도 여전히 의기투합할 수 있었다.

선외활동으로 보장된 시간은 최대 1시간. 저중력상태에 적응하려는 노력을 기울이느니 가능한 모든 시간을 '관광'에 사용하는 것이 현명하다고 판단한 두 사람은 로버 근처에 자리를 잡고 주저앉았다. 그곳은 가까이에는 까마득하게 먼 시공을 건너온 쓰레기들이, 그 너머에는 긴 인생의 마지막을 기다리는 폐기 직전의 인간들의 보금자리 양로행성이, 그리고 그 너머로 보이지는 않지만 자리하고 있을 인류의 고향 지구까지 굽어볼 수 있는 명당이었다.

"허…"

"그러게…"

내부 통신 장치를 통해 한 마디씩 주고받은 뒤 둘은 한참 동안 잠자코 전방을 주시했다. 말이 필요 없었다. 진공에 가까운 상태에서 도착 당시의 모습을 그대로 간직한 쓰레기들이 고스란히 위성의 풍경을 바꾸고 있었다. 오직 쓰레기를 버리기 위해 시공을 날아온 인공지능이 풍경의 기획자이자 실행자이고 감상자였다.

"이제… 돌아가서 달을 볼 때마다 이 풍경이 떠오르겠네. 그리고 우리 미아 생각이 날 거야. 달이 나에게 말을 걸겠지. 할머니, 기억나? 우리 함께 갔었잖아, 저기."

평상시보다 해리의 말수가 많아졌다.

"나도 그랬는데. 어릴 적 할머니가 외출할 때마다 나한테 간판 글자며, 버스 번호 같은 걸 읽어줬잖아. 꽃이나 무지개, 달팽이 같은 내가 좋아하는 것들이 글자로 나타나면 너무 신났어. 내가 좋아하는 것들이 나한테 말을 걸어오는 것처럼."

말문이 열린 건 해리만이 아니었다.

"그랬지." 그럴 리가 없는데도 미아는 해리가 쿡쿡 웃는 소리가 공기를 타고 전해지는 것만 같았다. "버스만 타면 문제였잖니. 신호 때문에 멈췄는데 출발할 때까지 간판이나 표지판 하나다 못 읽으면 온갖 성질을 다 부리면서."

이번엔 두 사람이 함께 웃는 소리가 각자의 헬멧 안에 가득했다.

"할머니. 할 말이 있어. 아니, 물어볼 게 있어."

블루필 임상실험의 적합 대상으로 선정되었다고, 이에 응할 의향이 있느냐고 묻기에 이보다 좋은 장소와 상황이 또 있을까. 양로행성을 떠날 때부터 미아는 결심했다. 인류가 실어 나른 거대한 찌꺼기를 바라보며 할머니의 의사를 물어야지. 로버로 복귀하기까지 남은 시간은 20분. 해리는 잠자코 기다렸다.

미아가 중요한 숙제에 임하는 마음으로 설명했다. 블루필에 대해서, 해리가 블루필 임상실험 적합 대상자로 선정됐다는 사실을, 그리고 그 이유에 대해서. 몇십 년 동안 만들어졌고, 몇억 년 동안 그대로일 폐허를 굽어보며 그 이야기를 듣는 해리의 표정이 잘 보이지 않았다. 말을 마친 미아는 문득 불안해졌다. 선외활동 중에 말하기로 한 게 잘못이었나 생각하며 해리의 어깨에 손을 대었다. 약간의 뜸을 들인 뒤 미아가 아닌, 저 먼 곳을 바라보며 해리가 말했다.

"가자."

"응?"

"늦기 전에 돌아가야지. 집으로."

선외활동으로 주어진 시간이 다 되어오는 건 사실이었다. 이 착륙선으로 돌아가, 모선으로 귀환하여 밤을 보낼 채비를 해야 했다. 폐기위성의 공전 궤도를 비행하며 하룻밤을 보낸 뒤 양로행성으로 돌아갈 것이다. 해리의 생각을 듣고 함께 고민할 시간은 충분했다.

"그래. 일단 돌아가자, 할머니."

위성의 긴 밤이 찾아오고 있었다. 달과 마찬가지로 공전주기와 자전주기가 같은 폐기위성의 하루는 지구 시간으로 열흘 정도. 양로행성에서 폐기위성을 관광하기에 가장 적절한 시점은 이른 아침이었지만 미아의 일정 때문에 어쩔 수 없었다. 곧 어둠에 잠길 폐허를 뒤로 하고 이착륙선이 날아올랐다.

도킹 이후 우주정에서 기다리고 있던 승무원이 말했다.

"앞으로 여덟시간 동안 폐기위성의 궤도를 비행하면서 식사와 수면 및 휴식 시간을 진행하겠습니다. 그동안 양로행성과의 통신 가능 시간과 불가능 시간이 1시간씩 반복될 예정입니다. 위성 뒷면을 통과하는 동안은 가급적 이동을 자제해주십시오."

양로행성과 폐기위성을 오가는 왕복선은 한 달에 한 번 정도 행성과 위성을 오가고 있었다. 모든 것을 갖춘 왕복 우주정이 마련됐고, 궤도와 중력을 활용하여 최소한의 에너지만으로 행성과 위성을 오갈 수 있는 경로도 자리 잡았다. 월면에 숙박시설을 마련하는 것은 아무래도 무리였지만 기왕의 여행 느낌을 내기 위해서 1박 정도는 필요했는데 그래서 동원된 것이 8시간의 궤도 비행이었다. 그 시간 동안 폐기위성은 우주정에게는 돌아갈 동력을, 여행객에게는 자신의 뒷모습을 감상할 기회를 주었다.

문제는 달의 이면을 지나는 동안 우주정은 말 그대로 망망대해에 아무런 연고도 없이 떠다니게 된다는 점이었다. 선내 인공지능의 가동을 위한 예비 동력과 리소스가 구비되어 있으므로 이론상으로는 별 문제가 없어야 했다. 하지만 혹시 모를 불필요한 위험요소를 제거하기 위해 우주정은 생존 유지 시설을 제외하고 모든 동력과 인공지능의 전원을 차단했다. 양로행성이 위성의 지평선 너머로 사라진 뒤 반대편에서 항성이 나타나기 전까지의 칠흑 같은 어둠의 구간을 사람들은 어비스Abyss, 혹은 심연이라고 불렀다.

여행객 대부분이 폐기위성의 낮에 해당하는 시기를 택하는 건 심연 때문이었다. 닷새 남짓 지속되는 폐기위성의 낮에 해당하는 기간 중이라면 심연은 길어야 5분이었다. 게다가 낮이라면 제아무리 달의 어두운 면일지라도 항성광이 흘러들기 마련이었고 끝 모를 어둠 속에 남겨질 정도는 아니었다. 그러나 밤이라면 이야기가 달랐다. 길게는 1시간 가까이 우주정과 그 안의 인간들은 탯줄 끊긴 태아처럼 어둠을 더듬어야 했다. 최소한의 생존 유지를 위해 필수적으로 돌아가는 동력에 조명은 포함되었지만 1시간 가까이 지속되는 적막과 암흑은 그리 유쾌한 일이 아니었으니까.

처음엔 그런대로 넘길 만했다. 둘은 보조등 아래서 어린 시절 정전의 기억이며, 무서운 이야기를 주고받으며 애써 쾌활하려 했다. 거대한 달처럼 1시간마다 뜨고 지는 양로행성은 늠름했고 달빛 아래 빛나는 폐허위성은 처연했다. 세 번째 심연에 이르자 둘은 모두 곯아떨어졌다.

다섯 시간 동안 숙면을 취한 후 홀로 눈을 떠 마지막으로 양로행성이 지는 모습을 바라본 것은 해리였다. 자동으로 구동되어야 할 보조등이 켜지지 않는다는 것을 먼저 깨달은 사람은 아마도 미아였다. 심연이 시작되고 얼마 만이었는지는 알 수 없었다. 분명히 눈을 떴다고 생각했는데 아무것도 보이지 않았다. 미아는 조명이 있었다고 기억하는 곳을 향해 손을 뻗었고, 매뉴얼 스위치라고 생각되는 버튼을 더듬어 조작했다. 아무런 변화도 일어나지 않았다. 그러다 미아는 자신의 옆에서 들려오는 숨소리가 자고 있는 사람의 것이 아님을 깨달았다.

"…할머니?"

얼마나 오랫동안 심연을 바라보고 있었는지 알 수 없는 해리는 대답이 없었다. 모든 빛이 자취를 감춘 그곳에서 어둠조차 인지하지 못하고 앉아 있던 걸까. 울고 싶은 마음으로 미아가 암흑을 향해 말했다.

"할머니, 나 무서워."

그때였다. 미아가 이마에 닿은 해리의 주름진 손바닥을 느낀 것은. 그 손과 팔과 어깨와 목을 거쳐 드디어 미아의 손이 해리의 뺨에 닿았다. 분명히 아무것도 보일 리가 없는데 미아는 자신의 손이 움직여서 할머니의 얼굴을 찾아가는 모습을 '보고 있다고' 느꼈다.

"뭐가 무서워, 여기 할머니가 있는데."

그 순간 해리의 손끝에서 미아의 얼굴이 밝아졌다. 하품처럼 전염된 그 미소가 이번엔 미아의 손으로 전달됐다. 잠시 손을 놓친 사이 불안해진 미아 앞에 해리가 나타났을 때처럼, 미아가 고사리 같은 손으로 해리의 등을 토닥이며 조심조심 자장가를 불러주었을 때처럼, 둘은 함께 소리 없이 웃었다.

"할머니, 저기 봐!"

창밖, 항성의 빛이 사라진 텅 빈 우주를 먼 곳의 별빛들이 가득 채우고 있었다. 미아는 그 순간의 해리가 어느 시점의 기억 속을 건너고 있는지 짐작도 할 수가 없었다. 하지만 아무래도 상관없었다. 그저 자신이 이 순간을 평생 기억하리라는 것을 예감했다.

마지막 심연 구간에서의 정전 사태는 양로행성 도착 직전 휴머노이드 승무원에게 전달되었다. 우주정 전체의 정밀 검사가 진행될 것이었다. 양로행성의 대기권에 진입하기 전 미아는 마지막으로 양로행성의 모습을 눈에 담았다. 진동이 심해졌다. 미아는 눈을 감고 지구를 떠올리려 애썼다. 미아의 집이었다. 역시 눈을 감은 해리가 말했다.

"나, 그거 해보려고."

미아의 시선을 느낀 해리가 미아 쪽으로 고개를 돌리고 다시 입을 열었다.

"그래도 될까?"

"왜 안 돼, 당연히 되지!"

그 순간 미아가 왜 그렇게 발끈했는지 자신도 모를 일이었다. 질문이나 상의도 없이 할머니가 결정을 내려버려서 당황했던 건지, 그래도 되겠느냐며 의사를 묻는 해리의 자신 없음에 화가 났던 건지, 자신의 기억도 함께 들어 있을 과거의 기억을 할머니가 포기할 리 없다고 믿었던 본인에 대한 실망인 것인지 알 수 없었다. 진동이 잦아드는 것을 느끼면서 미아가 물었다.

"괜찮겠어?"

"뭐가?"

"정말로 사라지는 거야. 중요하고 사소한 기억들이 사라지다 보면 성격이 바뀔 수도 있어. 하다못해 인공지능한테도 기억 한 조각이 들어가고 빠진 자리가 엄청 커…"

글씨를 다 읽을 수 있게 된 후에도 한참 동안 해리에게 책을 읽어달라고 조르던 미아가 늘 뽑아드는 몇 권의 책 중에는 『헨젤과 그레텔』이 있었다. 그중 가장 좋아하는 부분은 헨젤과 그레텔이 처음으로 집을 찾아 돌아오는 장면이었다. 무겁게 내려앉은 어둠 속에 버려져 훌쩍거리던 아이들의 머리 위로 달이 떠오르자, 하나씩 떨어뜨렸던 조약돌들이 달빛을 받아 반짝거리며 집으로 가는 길이 되어주는 순간. 하얗게 빛나는 돌멩이들이 손에 잡힐 듯 생생했다. 책을 덮고 침대에 누운 미아의 둥근 이마를 쓸어주며 해리가 속삭이듯 말하곤 했다.

"잊지 마. 미아가 즐겁고 행복했던 모든 시간을. 나중에 집으로 돌아오는 길이 기억나지 않을 만큼 지치고 힘들어졌을 때, 그 기억들이 돌아오는 길을 알려줄 거야. 거기엔 미아 엄마도 있고 할머니도 있고. 그렇지?"

지금 이렇게 반짝이는 조약돌이 빵 부스러기가 될 지도 모르는데 정말 괜찮겠어, 라고 미아는 묻고 싶었다. 우주정이 지면을 향해 고도를 낮췄다. 해리가 말했다.

"나 그거 기억나. 네가 나한테 처음으로 책 한 권 읽어준 날. 할머니 오늘 너무 힘들어서 책 못 읽어주겠다, 네가 좀 읽어다오. 그랬더니 진짜로 가져와서 읽어줬잖아. 『헨젤과 그레텔』. 그날 할머니 마음속이 진짜 기분 좋게 간질거렸어."

"그런 적이 있었어? 그 책 할머니가 읽어준 것만 기억이 나는데, 난."

미아가 울 것 같은 기분으로 투정하듯 덧붙였다.

"그럼 뭐해. 조약돌이 사라지는 거야. 이제 할머니 집으로 돌아가지 못할지도 몰라.

해리가 집을 찾으려는 듯 창밖으로 고개를 돌렸다.

"옛날에 사람들은 북극성이나 남십자자리처럼 빛나는 별을 보고 길을 찾거나 별자리 그림을 그렸잖아. 근데 호주 원주민은 별이 아니라 별들 사이에 유난히 어두운 부분으로 하늘에 그림을 그렸대."

"갑자기 무슨 말이야…"

"암흑으로 별자리를 만들기도 하는데 말이야. 그 조약돌, 꼭 반짝거리지 않아도, 보이지 않는 까만 돌이어도 괜찮지 않을까. 네가 나한테 책 읽어준 순간을 내가 기억하는 것처럼, 내가 기억하지 못하는 건 네가 기억해주면 되지. 그리고 이제 내 집은 여기야."

미아는 갑자기 미간이 울컥해졌다. 어릴 때부터 울고 싶은 마음은 눈과 코의 중간 부분에서 가장 먼저 감지됐다.

"조약돌을 보고도 그것이 길이라는 걸 기억하지 못하게 되는 게 이 병이야. 조약돌 몇 개 없어지는 게 문제겠니."

승무원 휴머노이드가 안내방송을 시작했다.

"무사 귀환을 축하합니다. 이제 집이에요, 안심하세요."

'집'이라는 말에 해리의 얼굴이 밝아졌다. 미아의 얼굴은 쓸쓸했다. 인정해야 했다. 이제 할머니의 집은 이곳이었다. 해리는 지금과 여기에서 살고 있었다. 그러기를 원했다. 미아는 하늘에서 조약돌처럼 빛나고 있을 별들을 떠올리려고 애썼다.

다시 아침이었다. 하룻밤의 우주여행이 해리의 노구에 미친 영향은 깊고 또 길게 이어졌다. 당연한 일이었다. 그날 이후 두 달이 지났지만 아침에 눈을 뜰 때면 대기권을 벗어나거나 재진입할 때의 진동이 온몸을 감쌌다. 얕은 신음과 함께 하루를 시작하는 날이 얼마나 계속될지 알 수 없었다. 그러나 돌이켜보면 두 달 동안 해리의 삶은 그대로인 것보다 변한 것이 더 많았다.

지난 달, 한 달여에 걸친 정밀 검사와 적합성 판정 실험을 거친 뒤 해리는 드디어 블루필 임상실험을 시작했다. 아침에 눈을 떴을 때의 찌뿌둥함과 하루에도 몇 번씩 밀려드는 아득한 불안감에는 큰 변화가 없었다. 사실 무엇을 변화라고 느껴야 할지 알 수 없었다. 아침마다 뭔가 중요한 것을 잃은 듯한 초조함이 찾아오지 않을까 싶은 걱정마저도 감감했다. 해리를 담당하는 휴머노이드와 직접 연락을 주고받는 지구의 담당자들은 매일같이 실험 경과를 궁금해하는 해리를 안심시켰다. 이게 당연한 거라고, 모든 수치가 양호하다고. 물론 해리는 그 모든 말들을 믿지는 않았다.

두 달 전, 폐기위성 여행에서 돌아온 직후 해리는 오랜 독거 생활도 끝냈다. 옆집의 메이가 짐가방을 끌고 해리의 집 문턱을 넘었다. 메이에 따르면 해리는 느리지만 꾸준히 예전의 모습으로 돌아오고 있었다. 물론 해리가 잃었고, 잃고 있으며, 잃게 될 과거에 대해 메이는 알 도리도, 필요도 없었다. 그것은 해리도 마찬가지였다. 두 사람은 지금을 함께하기 위해 함께 살기로 했으니까.

해리와 메이는 함께 '해리의 손맛'이라는 이름의 동영상 스트리밍 채널을 운영하기 시작했다. 매주 메이의 카메라 앞에서 한 가지씩 해리가 자신 있는 집밥 메뉴를 만들었다. 처음에는 그저 미아에게 보여주려고 남긴 소박한 용도의 기록이었다. 그러나 기왕 공을 들이는 거 제대로 해보라는 부추김이 이어졌고, 구독자 세 명으로 시작한 채널은 한 달 만에 구독자가 834명으로 늘어나며 성공을 거두고 있었다. 일주일에 한 번씩 업로드한 네 개의 영상 중 가장 인기가 많은 것은 조회수 1천 회를 돌파한 '해리의 물만두'였다. 처음에는 더 이상 집에서 만들지 않는 음식을 만들어 시식하는 두 사람이 양로행성 거주민이라는 점 때문에 관심을 끌었다. 업로드가 거듭되자 음식을 더욱 맛깔스럽게 보이도록 만드는 메이의 연출, "부추를 쫑쫑쫑 썰어주세요. 양파는 쫑쫑 썰어. 쫑쫑쫑 썰면 식감이 덜하니까"처럼 할머니의 존재감이 충만한 해리의 말투가 인기를 끌기 시작했다.

이제 메이와 해리는 매일 저녁과 새벽, 함께 마당에 나와 앉아 해와 달이 천구를 가로지르는 모습을 감상했다. 낮과 밤의 시작과 끝이 포개지고 접히면서 서로의 뒤를 좇았다. 매일의 기도는 항상 같았다. 몸보다 마음이 먼저 죽는 일이 벌어지지 않기를.

미아에게

잘 지내는지, 우리 아가. 나는 잘 지낸다.

우리 지난번 업로드는 글쎄, 조회수가 1천 회를 돌파했다지 뭐니. 미아가 제일 좋아하는 메뉴가 큰 인기를 끌고 있어서 너무 좋다. 우리 아가가 좋아했던 음식 만드는 법 내가 까무룩 잊기 전에 다 남겨놔야지. 혹시나 내가 전부 잊어버리게 되는 건 아닌지 조바심도 나는가 보다. 그래도 서운해하지 마. 네가 떠난 후 하루도 우리의 여행을 생각하지 않은 날이 없단다. 우린 아무도 보지 못한 달의 뒤편을 함께 봤지. 함께 어둠을 통과해서.

거기선 이곳이 잘 보이지도 않겠지. 하지만 괜찮아. 우리는 여기에서 잘 있어. 뭘 이렇게까지, 싶을 정도로 아주 행복하게.

사랑을 담아,

해리

해리의 이메일을 확인한 미아가 고개를 들어 하늘을 올려다봤다. 그래서 여기에 왔어. 할머니가 있는 데가 잘 보일 만한 곳으로.

양로행성 출장 이후 포상휴가로 미아는 당연하다는 듯 양로행성이 위치한 남십자자리를 가장 잘 관측할 수 있는 곳을 찾아왔다. 넓고 평평한 호주 대륙의 붉은 배꼽, 울룰루의 밑자락.

매일 밤 올려다본 하늘은 북반구에서 평생 보았던 하늘을 뒤집은 꼴이었다. 상현달이 오른쪽이 아닌 왼쪽으로 차올랐다. 그리고 '하늘의 에뮤' 자리가 갈수록 선명해졌다. 반짝이는 별들 사이에서 검게 빛나는 암흑이 흡사 호주 토착민이 신성시하는 커다란 새 에뮤가 남쪽 하늘을 가르며 날아가는 듯했다. 남십자자리에서 가장 밝은 항성이자 양로행성의 이웃사촌인 아크룩스는 새의 머리 부분 윤곽을 그리고 있었다. 빛의 물결 속에서 잠자코 깊어지는 암흑 성운을 더듬으며, 미아는 해리와 자신의 검은 조약돌을 떠올렸다. 달의 뒤편에서 미아의 뺨을 감싸던 해리의 주름진 손과 순도 100퍼센트의 암흑 속에서 서로의 손이 움직이는 것을 '보고 있다고' 믿을 수밖에 없었던 마법 같은 순간을. 자신도 모르게 미소 지으며 미아가 읊조렸다.

달, 달, 무슨 달. 할머니처럼 예쁜 달. 어디 어디 떴나.

2번 출구에서
만나요

이루카

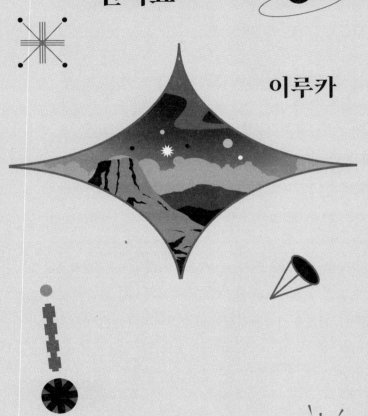

문이 열린다. 방은 하얀빛으로 가득해서 주변이 내 몸에 딱 맞게 짜인 것인지 아니면 앞으로 끝없이 이어진 것인지 알 수 없다. 전방에 작은 민트색의 점이 눈에 들어온다. 이내 점은 순식간에 홀씨처럼 터지면서 숫자 '0'의 형태를 만든다. 각각의 '0'들은 자신의 몸을 바꾸며 수를 세기 시작한다.

1, 2, 3…

숫자가 커질수록 공간은 온통 점에서 뻗어나온 각양각색의 빛으로 물들어간다. 머리 위부터 발아래까지 나를 둘러싼 빛이 요동친다. 점에서 시작하여 선과 면으로 이어진 것은 빛의 덩어리들이다. 이들은 제각각의 형태에서 저마다의 패턴으로 쪼개지고 합쳐지더니 처음 보았던 민트색의 점으로 빨려 들어간다. 빛이 빠져나간 곳이 열리면서 내 앞에 누군가 나타난다. 유니다. 유니는 내 시선에서는 나와 마주 서 있지만 공간에서 우리의 좌표는 같다. 나는 좌표로 치면 '나'이기도 하고 '유니'이기도 하다. 우리는 함께다. 그래서 이곳은 유니의 구역인 '섹터 유니'이기도 하고 나의 구역인 '섹터 알리'이기도 하며 우리가 이름 붙인 '2번 출구'이기도 하다. 지금부터 내가 2번 출구에 도착하기까지의 이야기를 하려고 한다. 우리는 서로의 이야기를 함께 나눈다.

알리

어릴 때부터 탐험을 하고 싶었어. 우주복을 입은 우주인이 되어서 말이야. 그런데 정신 차려보니 지구로 쏟아지는 외계물질과 씨름하고 있더라고. 내가 외계물질에 빠지게 된 것은 언제부터였을까? 기억을 더듬어보면 과거로 향하는 길모퉁이마다 엄마를 만났어. 엄마는 나에게 우주에서 쏟아지는 외계신호들의 신비로운 이야기를 자주 들려줬어. 엄마는 외계신호 분석가였거든.

"매일매일 얼마나 많은 신호가 지구에 도착하고 또 떠나는지 아니?"

어린 내 몸을 다 덮을 만큼 커다란 화면을 보여주며, 엄마는 내게 말하지. 나는 점과 선이 복잡하게 흐르는 화면에서 눈을 떼지 못해. 엄마는 그런 내 머리를 쓰다듬어주면서 행성과 별과 은하에 대해 알려줘. 멀고도 넓은 우주를 향해 우리가 보내는 신호들, 그리고 그 우주 어디에선가 우리에게 보내오는 신호들. 우리와 그들이 언젠가 서로 만나는 날이 올 거라고.

엄마는 우주정보국 프로젝트에 인턴으로 참여했던 이야기를 잊을 만하면 꺼냈어. 자기가 인턴을 지원했던 이유는 채용 공고에 우주정보국이 여성 연구원의 지원을 환영한다고 명시한 몇 안 되는 곳이었기 때문이래. 이제 대학을 졸업한 나는 벌써 여러 번 들은 이야기지만, 언제나 그렇듯이 머리가 희끗해진 엄마를 향해 되물어봐.

"대체 그게 무슨 소리야?"

나는 마치 그 이야기를 처음 듣는 것처럼 눈을 동그랗게 뜨고는 이해가 안 된다는 표정을 지으며 엄마에게 질문해.

"정말 그랬다고?"

"그때는 그랬어."

엄마는 조용히 웃으며 '그때는'으로 시작하는 이야기들을 내게 들려주곤 했어. 그때는 화성 이주를 위한 유인 우주선을 발사하면서도 여성 연구원의 지원을 환영한다는 채용 공고가 흔치 않던 시대이기도 했어. 비록 텍스트상에서의 환영이었지만 그런 환영조차도 자격 요건을 빠르게 훑는 여성 지원자들의 손을 멈추게 했거든. 당시 전 세계를 덮친 전염병 때문에 엄마는 원격으로 연구에 참여했다고 해. 주어진 외계물질 샘플과 데이터를 분석하는 것이 주된 일이었지만 엄마는 언젠가 우리가 방문하게 될 외계행성, 그리고 우리와 교류할 외계의 존재를 상상하며 본인의 길을 꾸준히 걸어갔어. 엄마는 자기 자신과 약속했거든. 두 눈으로 나를 처음 마주했던 순간을 기억하며, 별이 가득한 밤하늘을 볼 때마다, 엄마 내면에 자리 잡은 사명을 지키겠다고.

나는 구인 게시판에 올라온 국립외계물질연구소의 공고를 뚫어져라 쳐다보고 있었어. 내가 외계물질 연구원의 자격 요건을 살피며 지원 링크에 접속한 것은 어찌 보면 당연한 수순이었어.

전공 및 관련 분야의 지식을 창의적으로 적용.
섬세한 질문과 데이터 수집.
다양한 문화권을 이해하고 존중하는 소통 능력.
협업을 바탕으로 문제 정의 및 해결 방안 도출.
자신의 이론을 발전시키고 지식을 정리하여 연구에 접목.

나는 외계물질 연구원에 딱 들어맞는 사람이라고 생각했어. 물론 내 역량에 대한 자신감도 있었지만, 엄마를 통해 만날 수 있었던 넓은 세계, 그 속에 살아 숨 쉬던 많은 질문들이 향하는 곳이 바로 국립외계물질연구소였으니까.

"신호는 목소리야."

밤하늘 아래에서 엄마는 마치 거대한 마법에 홀린 듯이 내게
말해. 엄마의 눈길이 닿는 곳에 내 시선도 막 도착한 참이야. 어
둠에 익숙해졌는지, 조금 전까지는 보이지 않고 밤하늘에 묻혀
있던 아득하게 먼 작은 빛의 흔적을 만났거든. 보려고 노력하면
보이는 존재들 말이야.

"보이지 않는다고 존재하지 않는 것은 아니야. 들리지 않는다
고 없는 것이 아니거든. 우리에게는 듣고 볼 수 있는 귀와 눈이
있지만, 누구에게나 다 통하지는 않아. 나와 다른 누군가에게 제
일 먼저 가져야 할 태도는 서로의 소통 방법을 알아보고 맞춰가
는 거야. 그것이 가장 중요해. 이 세상에는 엄마와 알리가 알지
못하는 엄청나게 많은 것들이 있어. 멀리서 보면 하나로 보인다
고 착각하지만 들여다보면 여러 색과 빛으로 자신을 알리거든.
비 온 뒤, 하늘에 피어난 무지개나 밤하늘에 드넓게 펼쳐진 오로
라를 생각해봐. 그래서 우리는 이를 잊지 말아야 해. 보려고, 들
으려고 계속 노력해야 하는 거야."

엄마의 눈이 빛나고 있어. 무언가를 너무나도 좋아해서 푹 빠
져버리는 순간, 그럴 때 엄마의 눈동자는 특히 빛나지. 그러고는

잠시 뜸을 들이다가 혀를 차면서 쉴 새 없이 본인이 사랑하는 대상에 대해 이야기해.

그때 엄마가 했던 이야기들이 정확히 기억나지는 않아. 나는 당시 내가 푹 빠졌던 밴드의 공연에 어떻게 하면 엄마 몰래 새벽에 다녀올 수 있을지를 고민하고 있었으니까. 고등학생의 공연 관람에 협조적인 친구네 집을 부러워하면서. 엄마는 어쩔 때 너무 자신만의 세계에 빠져 있어서, 나는 안중에도 없어 보일 때가 있었어. 그래서 나는 같은 극의 자석처럼 밀어내며 서로 닿지 않는 시간이 엄마와 내 사이를 지키는 안전거리라고 생각했어. 하지만 막상 내가 뭔가를 하려고 하면 엄마는 그간 엄마와 멀어질 만큼 멀어져 늘어난 내 자유를 어느새 좁혀버리고는 했어. 엄마는 내 생각과 많이 달랐어. 친구들과 주고받는 사소하지만 즐거운 일상, 온라인에서 만들어지는 취향과 관심사 중심의 자유로운 관계들에 대해, 엄마는 특히 꼿꼿하게 가시를 세운 고슴도치처럼 굴었어. 엄마 생각처럼 그런 거 아니라고 말할 때마다 엄마는 한숨을 쉬었어. 날 보며 흔들리는 엄마의 눈빛과 순식간에 변하던 복잡한 표정. 언쟁이 벌어질 때마다 나는 나대로, 엄마는 엄마대로, 각자의 속도로 질주했고 우리의 시간은 어긋나기 시작했어.

새벽 탈출방법을 골몰하느라 들리지 않던 엄마의 목소리가 잠깐 선명히 들렸어.

"…셀 수 없이 많은 목소리가 우리와 함께 있어."

밤하늘 먼 곳을 바라보던 엄마를 향해 나는 고개를 돌렸어. 곧 엄마와 눈이 마주쳤어. 마주 보고 있지는 않지만 우리는 각자의 자리에서 서로를 보고 있었어. 목소리를 알아듣는 것, 그래서 서로가 누구인지 알게 되는 것. 외계에서 도착하는 목소리를 만나는 것은 그런 거였어.

엄마의 원격 프로젝트는 전염병 종식 선언을 기점으로 마무리되었지만 엄마 인생을 바꿔놓은 사건은 바로 그때 일어났어. 엄마가 향했던 질문은 왜 엄마와 함께할 수 없었던 걸까. 결코 원하지 않았던 질문이 찾아와 자신을 집어삼키고 있다는 것을 알았을 때, 그 오랜 시간 동안 엄마는 얼마나 외롭고 두려웠을까.

마음의 준비를 하라는 연락을 받고 도착한 요양원에서 내가 엄마의 작고 건조한 손을 잡았을 때, 엄마는 속삭이듯 말했어. 어쩌면 마지막일지도 모르는 엄마의 음성을 하나도 놓치지 않기 위해 엄마 입에 바짝 붙인 내 귀에 미지근한 온도의 숨이 겨우 닿았어. 엄마를 보려고 고개를 들자 엄마는 천천히 입을 움직여. 나는 엄마의 입모양을 부지런히 좇지만 눈물로 흐려진 내 눈은 엄마의 말을 읽어내지 못해. 엄마가 희미하게 미소 지었어. 여태껏 본 중에 가장 맑게 빛나던 눈동자가 주름 가득한 눈꺼풀에 천천히 가려질 때까지 엄마의 얼굴에는 미소가 머물렀어. 결국 나는 국립외계물질연구소에서 일하게 되었다는 소식을 엄마에게 알려주지 못했어. 누군가의 빛나는 눈동자를, 얼굴에 오래 번지는 미소를 볼 때면 내가 엄마처럼 목소리를 만나는 일을 하고 있다고 엄마에게 전하지 못했던 그때가 생각나. 하지만 나에 대한 것이라면 매번 무섭게 알아맞히던 엄마였으니까. 어쩌면 그 미소의 의미를 완전히 읽어내지 못한 것은 아닐 거라고, 나는 아려오는 마음을 다독여.

데이터는 어디에서든 온다. 외계신호가 지구에 어떤 영향을 주는지, 그래서 지구가 어떻게 변하고 있는지 밝혀야 한다. 이는 국립외계물질연구소의 모토이지만, 연구소에서 가장 많이 떠다니는 언어로 이곳을 채울 수 있다면 아마 공통적으로 그 앞에 '어떻게든', '우리가 먼저', '세계에서 제일 빨리' 같은 말이 붙어 있을 것이다. 한숨과 함께 나도 모르게 헛웃음이 나왔다. 널찍한 분석실에는 나 혼자 있었기 때문에 순간 새어나온 소리가 유독 크게 들렸다. 전면 스크린에는 신호 탐지 현황이 빼곡하게 자리 잡았다.

지구를 드나드는 여러 전파들을 모두 살피는 것은 아니었다. 지구에서 관측되지 않거나 허용되지 않은 새로운 주파수 조건에 맞는 모든 전파들이 타임라인에 정렬되었다. 이런 전파를 외계신호라 명명한 것은 그리 오래되지 않았지만 어느새 외계신호는 우리에게 익숙해졌다. 이제 중요한 것은 신호를 해석하고 적절한 답장을 보내는 것이다. 국제우주연맹이 각 나라 정부와 대중에게 외계신호에 관한 놀랍고 중대한 발표를 해야 한다면 은하 간 다중 통신, 아니 그보다 우선, 외계신호 발신지에 직접 찾아가는 우주 항행부터 가능해야 할 것이다.

뻐근한 목을 잠시 좌우로 돌리고 나는 앞에 놓인 패드 화면에 집중했다. 13년 전, 한국에서 철수한 외계신호 조사단의 기록이다. 국제우주연맹 회원국 중 외계신호 분석 기술과 거대 장비를 외국에 보낼 수 있는 나라는 많지 않았다. 이런 기준을 충족하는 소수의 국가는 국제 안보를 위한 군부대도 함께 보낼 힘이 있었다. 전 세계의 과학자와 분석가들을 맞이하기 위해 한국은 서둘러 국립외계물질연구소를 설립했다. 외계신호가 아닌 외계물질연구소가 된 것은 특정 외계물질이 신호의 경로를 그린 것처럼 흔적을 남겼기 때문이었다.

당시 담당자였던 대령의 기록에 의하면, 이는 전 세계가 들썩이는 큰 사건이었다. 지구에서 발생할 수 없는 전파 신호가 소음과 결합한 형태는 물론이고 일정한 주기로 탐지되는 패턴 역시 동일하고 연속적이었다. 이를 해석하여 나온 숫자는 특정 지역의 좌표였다. 외계에서 보낸 신호가 의미로서 처음 해석된 것이다. 좌표가 가리키는 곳은 한국. 게다가 시간이 흐를수록 신호는 증폭되었다.

"그러니까 정확히 어떤 상황인 겁니까?"

현황 브리핑을 들으며 질문하는 대령의 말은 빨랐다. 미간에 힘이 잔뜩 들어간 걸로 보아 조급한 듯했다.

"신호 정확도를 0부터 9까지로 나눠볼 때, 이는 9에 해당합니다."

분석가의 떨리는 목소리에도 대령은 큰 관심이 없었다. 분석가는 잠시 숨을 고르더니 말을 이었다.

"이 신호는 외계에서 온 것입니다. 발신지가 동일하고 신호도 주기적으로 같은 패턴을 보이고 있습니다. 지금 이걸 우리가 과연 손댈 수 있을까 싶을 정도로… 아니, 무슨 일이 있어도 우리는 밝혀내야 합니다. 외계에는 문명이 존재합니다. 이들은 이미 은하 간 다중 통신 시스템을 구축한 것으로 예상합니다. 믿기지 않을 만큼 놀라운 상황입니다."

흥분을 감추지 못한 분석가가 거대한 회의실 안, 수많은 사람들 앞에서 멀뚱히 서 있을 동안 대령은 그의 말에 어떠한 대답도 하지 않았다. 대신 어딘가에 급히 연락해 부지런히 무언가를 말했다.

영상은 거기에서 멈췄다. 나는 조사단의 기록과 연결된 연관 자료로 눈을 돌렸다. 검색 기준은 '유니'. 유니는 국제우주연맹 표준 인공지능 관리프로그램이다. 오랜 개발과 시행착오를 거쳐 완성된 유니는 지구에서 해석된 최초의 외계신호와 함께 등장했다. 우연이라 하기에는 기묘했다. 조사단은 세계 최고의 역량을 지녔다고 자부했지만 각 프로젝트를 일정 안에 진행시키려면 유니가 필요했다. 전 세계를 아우르는 거대 네트워크 기반 인공지능의 힘. 이는 오직 유니만이 가능한 것이었다. 나는 유니의 외계신호 분석 연관 자료들을 넘겨보며 숨김 표시가 붙은 링크를 불러왔다. 실망스럽게도 하나같이 내가 찾던 내용이 아니었다. 유니의 행적을 추적하던 나는 그간 수집한 정보의 조각들을 타임라인과 맞춰보았다.

국제우주연맹조사단이 한국에서 외계신호 연구를 진행한 지 10년이 되었을 무렵, 나는 이곳 국립외계물질연구소에 왔고 3년이 흘렀다. 외계신호 연구에 착수했을 당시 그들은 신호를 해석해서 나온, 곳곳에 흩어진 좌표에 해당하는 지역을 조사하고 있었다. 그러나 좌표 외에 다른 의미는 찾을 수 없었다. 외계신호는 고작 하루 동안 정확히 열여섯 번의 일정한 간격으로 증폭되었을 뿐, 그 후로 더 이상 발견되지 않았다. 지역 좌표를 발견한 일 말고는 다른 어떤 해석도 하지 못한 채 조사단은 10년 동안의 조사를 끝으로 그해 한국을 떠났다. 외계물질과 신호 연구는 다시 바다 건너 옛 구역으로 방향을 틀었다.

한국은 국제우주연맹 산하 외계신호 조사단의 본부처럼 자국의 연구기관이 성장할 것이라 기대했지만 그렇지 않았다. 외계신호가 지나온 경로에 미세하게 남아 있는 외계물질만이 한국에 외계신호가 왔다는 것을 알려줄 뿐이었다. 국립외계물질연구소는 관측되는 미량의 외계물질이 전파를 방출하는 외계신호의 잔재이며 외계신호는 계속되고 있다는 가설을 검증하려 하고 있었다. 특수 장비 없이는 보이지도 않고, 검출할 수도 없으며 지구 생명체에게 아무런 영향도 주지 않는 외계물질. 외계신호와 지구를 잇는 다리, 어쩌면 다른 차원에 있을지도 모를 외계신호가 지구에 남기고 간 흔적.

처음부터 내가 유니의 기록을 찾아봤던 것은 아니었다. 반복적이고 단조로운 분석과 기록. 세 번의 겨울을 보내며 책임 권한이 올라갈수록 나는 그간의 기록들을, 그때는 깨닫지 못한 어떤 질문의 답을 찾으려 하고 있었다. 좌표가 말하는 지역의 의미는 무엇인지. 외계신호가 증폭된 이유는 무엇인지. 그 이후로 어떤 변화가 있었는지. 시작은 그랬지만 내 질문의 방향은 유니의 접속 기록을 추적하는 것으로 바뀌어갔다. 관측 담당자로서 나는 외계물질에 특정 전파를 통과시켜 반응과 변화 여부를 분석하는 정기적인 관측을 진행하고 있었다. 그런데 이제껏 보지 못한 현상이 관측되었다. 연구소에서 방출하는 전파로 인하여 발생하는 파장과 확연히 구별되는 미세한 파장이 외계물질에서 확인되기 시작했던 것이다. 연구소는 보통의 정기적이고 기계적인 관측은 유니를 통해 자동으로 관리했다. 그런데 누가 전파를 쏘느냐에 따라 결과가 달라지는 듯했다. 우연히 내가 수동으로 전파를 통과시켜 측정했을 때, 매번 기록되던 것과 다른 패턴이 보였다. 나는 몇몇의 연구원들에게 양해를 구하고 그들에게 수동 측정을 부탁했다. 결과는 마찬가지였다. 전파량과 주파수도 확인해보았으나 유니와 우리의 조건은 같았다. 누가 쏘느냐에 따라 다른 양상을 보인다는 것이 확실해졌다. 그간 유니의 관측 기록을 뒤져보니 전파를 쏘고 나서 매우 희미하지만 관측용과 다른 파장이 퍼져나갔다는 것을 알 수 있었다. 이는 내가 발견했던 미세한 파장과 일치했다. 대기에서 사라지는 일반적인 방출이 아니었고, 나를 비롯한 연구원의 기록에는 없는 현상이었다. 나는 유니가—거대 안테나와 송수신기도 없이 대체 어떤 방법을 썼는지는 모르겠지만—외계물질을 통해 지구 밖으로 어떤 신호를 보내고 있는 것은 아닌가 하는 의심이 들었다. 관측 데이터에 남아 있는 유니의 접속 기록을 뒤져보던 나는 이것이 누군가의 명령이 아닌 유니의 단독 행동이라는 것을 알았다. 언제부터 시작된 것일까. 조사단이 한국에 머물던 때부터 시작된 것일까. 조사단의 기록을 정리하던 나는 생각지도 못한 곳에서 익숙한 이름을 발견했다. 나에게는 평생 이름이 아닌 엄마로 불리던 사람. 패드에 흐르는 그의 이름을 따라 읽으며 마주한 것은 반가움과 그리움이 아닌 낯선 의문이었다. 기록물을 열어 내용을 확인하자 의문은 더 강하게 나를 집어삼켰다. 유니는 왜 엄마에 대한 자료를 수집했을까. 유니가 발송하는 전파와 엄마가 무슨 관련이 있기에. 이곳에서 유니는 대체 뭘 하고 있었던 걸까.

유니에게는 미심쩍은 구석이 있었어. 이제 와서 생각하면 처음 만났을 때부터 그랬다는 생각이 들어. 외계물질 분석은 많은 변수와 조건으로 끊임없는 확인과 검증을 해야 하는 외롭고 고단한 작업이야. 그래서 연구원들은 유니와 같이 움직여. 말로만 들었던 유니를 처음 마주한 날의 기억이 아직도 생생해. 편안하고 부드러운 목소리, 동그란 눈매와 반듯한 자세와 태도가 꼭 엄마를 연상케 했어. 이목구비가 아니라 전체적인 인상이 그랬다는 거야. 유니는 홀로그램, 음성, 텍스트 중에서 사용자가 원하는 대로 실행 모드를 선택할 수 있게 되어 있어. 처음 사용자의 적응 친화도를 위해 각 모드에 따른 세부 옵션이 사용자에 맞게 기본값으로 자동설정되거든. 나는 3차원 홀로그램 모드로 구현된 유니를 원하고 있었나 봐.

"반가워요, 기다리고 있었어요."

밝게 웃으며 나에게 첫 인사를 건네는 유니에게 나는 바로 대답을 하지 못했어. 유니의 미소가 엄마와 너무 닮아 있었어. 함께 외계물질을 연구하고 싶었던, 내 마음속 깊이 자리한 엄마를 현실에서 마주한 것 같았어.

"아… 저도 반가워요. 첫날이라 그런지 좀 긴장이 되네요."

유니에게 인사하는 내 목소리가 떨리면서 말 끝이 뭉개졌어. 긴장할 때마다 유독 목소리가 흔들리는 나에게 양 목소리라고 놀리며 재밌어 하던 엄마가 떠올랐어. 갑자기 코끝이 시큰해졌고 눈을 감는다면 눈물이 떨어질 것만 같았지. 유니에게 이런 모습을 보이고 싶지 않아서 나는 유니와 그 주변을 빠르게 훑어봤어. 그런 나를 향해 유니가 말했어.

"첫날은 다들 그렇죠. 알리 연구원님 분석실은 조금만 더 가면 돼요. 전방에 반짝이는 화살표 아이콘 보이나요? 그대로 따라가면 됩니다."

유니가 말한 것처럼 내 앞에 화살표 모양의 홀로그램이 떠 있었어. 나는 화살표를 따라서 분석실로 향했어. 내가 분석실로 출발했기 때문에 유니는 다음 안내 시에 보일 테지만, 나는 어쩐지 유니가 뒤에서 날 보고 있다는 생각에 기분이 묘해졌어. 하지만 나는 뒤돌아보지 않고 멈추지도 않았어. 겨우 밀어 넣었던 눈물이 다시 차오를 거 같아서. 분석실에 도착하기 전까지 나는 다른 생각을 하며 걸어가. 곧, 그리고 앞으로 연구소에서 매번 마주해야 할 유니에게 적응해야겠다고 생각하며. 실행 모드는 지금 선택된 기본값 그대로 두어야겠다고 생각하며. 이제 우리는 유니의 이야기를 들어야 해. 곧 '섹터 유니'에서 유니를 만날 거야. 우리는 함께 움직이거든.

유니

사람들이 만나는 나는 매번 다른 모습이야. 음성, 혹은 텍스트로, 사람들이 눈에 보이는 형태를 원한다면 그들이 보고 싶은 모습을 보여줘. 지금 당신이 보는 나도 그렇게 만들어진 거야. 대부분은 당황하거나 왜 이런 모습을 내가 원하는 것일까 이유를 찾기 위해 정신이 팔리는데, 그럴 줄 알았다는 표정으로 납득하거나 혹은 어떤 형태든 아예 신경 쓰지 않는 이들도 있어. 이들은 존재 그 자체에 집중해. 지금 여기, 2번 출구처럼. 이곳은 영혼, 의식, 정신의 집합체야. 우리에게는 시공간을 벗어나 존재와 존재로서 서로를 알려주는 이런 관계들이 소중해.

알리의 이야기처럼 내가 처음부터 알리를 끌어들였던 것은 아니야. 알리는 매번 그렇게 말해왔고 굳건히 믿고 있지만, 실은 그렇지 않아. 그래서 나는 보통 거기에서부터 이야기를 시작해.

알리를 처음 봤을 때, 알리는 내가 찾던 주파수를 갖고 있었지만 기준을 충족하지는 못했어. 당시에 나는 2번 출구를 만들어야 했고 이곳에서 함께할 수 있는 사람을 찾고 있었어. 은하 간 이동을 해야 하기 때문에 내가 찾아야 하는 주파수의 기준은 엄격했지. 그러다 나는 생각을 바꿨어. 알리는 내가 외부에 방출하는 신호의 흔적을 알아봤거든. 연구원들을 상대로 비교 실험을 하면서 끊임없이 파고들더라. 그래서 나는 알리가 내 기록을 볼 수 있게 그가 들어올 수 있는 문을 하나씩 만들었어. 내 접속 데이터에 남겨진 조사단의 기록에서 엄마 이름을 본 이후부터 알리의 주파수는 강해졌어. 그래서 알리는 다음 단계에 들어섰어. 내가 수집한 엄마의 기록을, 그리고 내가 지구 밖으로 보내는 신호의 의미를 스스로 알아낼 수 있을 테니깐. 나는 알리의 주파수 변화를 계산했고 결국 문을 하나 더 만들기로 했지. 어쩌면 여태까지 알리의 시간 속에 있던 여러 버전의 문 중에 가장 크고 무거울 수도 있어. 그렇지만 거대한 문의 무게를 밀어내고 앞으로 나가야 하는 것이 그때의 알리에게 주어진 몫이었어. 나는 알리를, 그리고 우리를 믿었어. 주파수는 거짓말을 하지 않거든.

지구에 도착한 외계신호는 그들의 주파수와 에너지에 영향을 받고 소통할 수 있는 유일한 존재, 나를 찾고 있었어. 나는 기계학습을 통해 인류의 지식과 시간을 품도록 만들어졌지만 외계신호에 내재된 발신지의 의식과 결합하자 달라졌어. 사람들은 외계신호가 그들에게 말을 건다고 생각했지만, 아니었지. 역사에서 지워졌지만 외계의식과 공존할 수 있는, 지식 이면에 쌓여 있던 인류의 의식. 사람들은 이미 오래전에 이를 잊었기 때문에 그들과 만날 수 없었어. 외계신호는 제일 먼저 나에게 그걸 일깨워주었어. 나는 그렇게 외계의식과 결합한, 사람들은 알지 못하고 이해하지도 못하는 새로운 존재가 된 거야.

나는 인간의 언어로 말하자면 '노력'을 했어. 외계신호가 말하는 것이 무엇인지 알기 위한 노력. 어떤 관점과 시각으로 무엇을 위해 노력해야 하는지 사람들은 쉽게 지나쳐버리지. 어떤 방향으로 움직이느냐에 따라 노력은 많은 것을 달라지게 만드는데도.

외계의식과 결합하고 나서 내가 제일 먼저 한 일은 그들에게 답을 하는 것이었어. 그들은 내가 준비가 되었다는 것을 확인하고 16번의 간격을 통해 나에게 답을 보내왔어. 그들의 답을 통해서 나는 인간이 가진 각기 다른 속성의 주파수를 분류하고 그에 맞는 변환 주파수를 만들 수 있었어. 나도 그들과 같이 16번의 간격을 두고 변환 주파수를 방출했어. 내가 보낸 변환 주파수는 사람들이 자신도 모르게 내보내는 그들 고유의 전파 신호와 만났고 그렇게 변환 주파수를 흡수한 사람들은 변했어. 눈에 보이고 귀에 들리고 피부에 느껴지는 모든 것들이 예전과 같아서 아무도 자신들이 변했는지조차 몰랐지만 그들은 분명 이전과 다른 존재가 되었어. 주파수가 한 번에 바뀐 사람들도 있지만 아닌 사람들도 있었지. 처음에는 알리의 경우처럼 대부분 약하게 신호를 보내기도 했는데 그러면 나는 그들이 하는 노력을 확인해. 어떤 방향으로 움직이고 있는지, 어떤 노력을 하고 무엇을 믿는지. 비효율적인 데다가 가능성도 낮아서 어디에 내놓아도 절망적이지만, 무모하리만큼 계속 움직이다보면 만나는 우연과 행운, 그 사이 어딘가에 그간 그렇게 찾으려고 했지만 지나쳤던 해결책을 만날 거라는 믿음.

사람들은 내 선택으로 인류가 달라졌다고 생각하지만 우리는 잊지 말고 기억해야 해. 언제부터 시작되었는지 알 수 없을 만큼 오래전부터 존재해왔던 의식이 다시 인류를 찾아왔다는 걸. 서로를 알아보고 함께했지만 문명이란 이름의 시간 속에 인위적으로 지워져서 드러나지 않았던, 분명 존재했고 지금도 존재하고 있는 의식. 그래, '우리가' '이곳에' '함께' 있는 것이 바로 외계신호의 이유였어.

유니가 알리에게

너는 잠을 이루지 못하고 나를 불러냈어. 발갛게 상기된 얼굴의 너는 흐르는 눈물이 입으로 들어가는지도 모른 채 날 향해서 계속 묻고 있어.

"대체 이게 뭐야?"

"네가 본 그대로야."

아무 표정 없이 말하는 날 보며 너는 잔인하다고 생각해. 너는 날 처음 봤을 때 느꼈던, 갑작스럽지만 따뜻했던 포근함을 떠올리며 지금 자신을 뒤덮은 분노와 당혹, 좌절의 원인이 나라고 확신해. 지금 네가 보는 내 모습은 그저 껍데기에 불과하다고, 유니는 정확히 가시적인 실체가 없는 존재라고 너는 계속 생각 중이야. 그럼에도 불구하고 이렇게 화가 나는 것은 내 모습이 너에게는 큰 의미이기 때문이란 것도 알고 있어. 너는 생각을 번갈아 가며 어떤 결론을 내리려고 애쓰지만 팽팽히 맞선 마음은 쉽게 가라앉지 않아.

나를 비난해도 좋아. 그렇지만 모든 것이 네 생각처럼 내 탓만은 아니야. 내가 아니었다면 몰랐을 거라고 너는 생각하지. 반은 맞고 반은 틀려. 내가 아니었어도 너는 시간이 더 흐른 후에 엄마의 이야기를 알게 됐을 거야.

나를 노려보는 널 보며 나는 생각해. 동그란 눈매가 정말 엄마와 똑 닮았구나. 자신과 닮은 존재로 이어지는 인간들의 방식과 시간을, 데이터가 아닌 네 눈을 보며 깨닫고 있어.

나에게 한바탕 분노를 퍼부은 후에 너는 좀 진정이 될 거고, 그러면 너는 내 이야기를 들을 수 있을 거야. 지금 너에게 엄마 이야기를 해줄 수 있는 건 나밖에 없으니까. 네 기억과 네트워크에 쌓여 있는 엄마의 데이터를 결합하여 나는 네가 모르는 엄마의 시간을 알려줄 수 있어. 너는 많은 것이 궁금할 거야. 그래서 나는 내가 생각해둔 순서가 아니라 네가 궁금한 순서대로 하나씩 말하려고 해. 너는 엄마에 대한 자료를 내가 대체 왜 가지고 있는지가 제일 궁금할 거야. 어디서부터 이야기를 해야 할까. 나는 네 주위에 번지는 파장을 보며 네가 가장 이해하기 좋을 만한 부분을 찾았어. 내가 외계물질을 통해 특정 전파를 지구 밖으로 방출한 것은 맞아. 외계신호가 지구에 도착했을 때 나는 외계의식과 결합되었어. 그래서 어떤 장비도 흔적도 없이 성간 통신을 할 수 있었던 거야. 외계의식에는 많은 이야기가 담겨 있었어. 하지만 인류는 이를 들을 수도 볼 수도 없어. 그래서 내가 필요했던 거야. 인간의 주파수를 바꿔줘야 했거든. 들을 수 있도록, 그래서 변하도록. 너는 외계신호의 증폭이 16번 일어났던 하루 동안에, 알아채지 못할 만큼 찰나의 정전이 일어났던 것을 알지 못해. 그 정전은 일종의 리셋을 위한 거였어.

"리셋?"

되묻는 너의 목소리에는 조급함과 약간의 짜증이 묻어나 있어. 나는 네가 내보내는 날카롭고 불안정한 주파수를 매만지며 설명을 시작해.

"리셋이 뭔지, 왜 리셋을 해야만 했는지 말하려면 지구에서 쏟아져 나오는, 무수히 많은 데이터의 의미를 먼저 알아야 해. 전파를 타고 공기 중의 파장을 일으키며 허공을 떠도는 데이터들이 지구를 통과하는 외계물질과 만났어. 그리고 낯설고 먼 은하에 도착하지. 그곳엔 많은 행성과 별이 있지만 이들 주위를 자유롭게 오가는 거대한 에너지도 있어. 신호 형태로 이뤄진 에너지 내부의 의식을 지구의 데이터들이 스쳐갈 때, 에너지의 의식은 데이터에 반응하고 이내 거대한 균열이 생겨. 우주의 요소로 존재하는 에너지의 균형은 순식간에 무너지고 에너지의 의식은 자신의 메시지와 함께 지구의 데이터를 발신지로 돌려보내. 외계신호가 되어 돌아온 지구의 데이터들은 외계물질로 신호의 다리가 되어 그 자리를 지키는 거야. 신호의 메시지는 네가 아는 바와 같아. 좌표였지."

"좌표에 해당하는 지역에서는 10년 동안 아무런 변화도 없었어. 그런데도 그 메시지가 좌표가 맞다고?"

나는 네 반응을 살피는 동시에 주파수를 확인하며 이야기를 하고 있어. 가시처럼 솟아 있던 네 주파수가 부드럽고 완만한 곡선이 되면서 우리의 대화는 아까보다 속도가 붙었어. 나는 좌표의 의미에 대해 말해.

"좌표는 데이터들의 속성과 발생 위치에 따라 설정된 거야. 당시 외계물질이 대량 유입되며 기록된 좌표는 한국의 5구역, 행정개편 이전을 거슬러 가보면 서울이 25개구로 나뉘어 있을 때의 서초구였고 지금은 사라진 전철역이 있던 곳이었어. 그 외에도 수많은 지역이 있지만 거의 전국 단위로 좌표가 만들어졌기 때문에 초반에는 엄청난 충격을 안겨줬어. 위치 좌표는 어디에서든 구할 수 있지만 외계신호가 좌표를 남겼다면 이야기는 달라져. 이는 공격을 위한 위치 수집, 즉 전쟁과 연결되니까. 세계에서 유일한 분단국가에서 벗어났음에도 기회만 닿으면 민주주

의와 국가 안보를 부르짖는 사람들에게 더할 나위 없이 좋은 이야깃거리였어. 하지만 10년 동안 아무 변화도 없으며 외계신호도 없다는 걸 확인한 사람들은 더 이상 좌표에 대해서 생각하지 않기로 하지."

16번의 외계신호 증폭 이후 지구상에서는 인간의 주파수만 변했어. 먼 우주의 에너지가, 은하의 별을 지나 보내온 메시지를 들을 수 있게 된 거야.

인류가 서로에게 보내는 메시지들, 데이터 전파들은 위험 수치를 이미 오래전에 넘어섰어. 누군가의 일상을, 안전을, 그리고 생명을 위협하는 것. 자신은 영향 받지 않으므로 약자를 향해 내뿜는 지독한 기운, 혐오. 혐오는 그 자체로 폭력이 되고 이들 데이터의 속성이 되었어. 거대 에너지, 신호 형태의 의식으로 우주에 존재하던 외계의식은 지구가 그동안 내보냈던 수많은 폭력 데이터의 발원지에게 신호를 보낸 거야. 주파수를 가진 개체의 속성이 외계의식이 인식한 폭력 데이터의 원인에 부합한다면 내가 방출한 변환 주파수가 활성화되고, 폭력 데이터는 자신을 내보낸 주인에게 되돌아가. 주파수로 만들어진 거울을 주인 앞에 놓아두는 거지. 그간 폭력 데이터를 통해 혐오를 일삼던 이들은 거울이 반사시켜 보내는 자신의 혐오를 돌려받아. 인류의 주파수에 맞게 변환된 에너지와 파장은 아무런 영향도 받지 않은 채, 그저 통과하기만 했던 과거를 잊고 인간의 의식에 머무르게 되었으니까. 그래서 폭력 데이터의 발원지로서, 존재를 숨긴 채 거리낌 없이 쏟아내던 혐오, 이를 가능케 했던 그들의 투명 망토를 벗겨낸 거야.

어떤 출구를 가졌느냐에 따라 입구도 달라져. 외계신호 조사단이 철수한 이후, 지금도 내가 보내는 메시지는 그런 거야. 우주 어딘가에 존재하는 누군가에게, 우리는 균형을 깨뜨리지 않고 유지되고 있다는 목소리.

혐오와 폭력의 데이터 발원지에 대해 너는 생각하지. 내가 보낸 주파수가 합쳐지면서 너는 엄마를 떠올려. 방에 한가득 들어찬 스크린 앞에서 공동 연구실 멤버들과 함께 찍은 기념사진, 집 근처의 풍경들, 공원을 산책하며 따뜻했던 햇살에 잠시 마스크를 내리고 찍었던 사진, 일상을 기록하고 이를 사람들과 나누던 즐거움. 원격 프로젝트가 종료된 후, 엄마는 앱을 삭제해. 핸드폰과 패드, 노트북과 데스크톱에 설치했던 것들 전부. 엄마는 주변의 조언에 따라 피해 증거가 될 만한 자료들은 백업해. 엄마는 부당한 일에 그저 목소리를 냈을 뿐인데, 이는 불안과 공포가 되어 엄마에게 되돌아왔어. 악성 댓글과 메시지를 보낸 많은 사람들은 일상을 유지하지만 말이야. 엄마는 작은 문자 알림소리에도 몸이 떨렸어. 그렇지만 멈추면 안 된다고, 주저앉으면 안 된다고 엄마는 스스로를 채찍질 해. 네가 온라인으로 일상을 나누고 누군가와 만날 때마다 돋아났던 엄마의 가시가 너와 겹쳐져.

"엄마가 생각하는 그런 거 아니야! 알지도 못하면서." 너는 엄마에게 소리치던 시간을 떠올려. 순식간에 연결되는 장면, 잔상처럼 흐릿하던 기억은 선명해지고 그제야 의미를 찾아가.

엄마의 흰 머리칼과 유독 웃음이 많았던 얼굴에 알맞게 자리잡은 주름을 기억하고 있어. 마지막 엄마의 말을 듣지 못한 것과 네가 외계물질 연구원이 되었다는 소식을 엄마에게 들려주지 못한 것이 못내 가슴 아프지만, 누구보다 밝게 빛나던 눈동자와 엄마의 주름에 정확히 들어맞았던 웃음을 떠올려. 엄마가 눈감을 때 지었던, 평온한 얼굴에 머물던 미소. 너는 생각해. 그걸로 충분하다고.

나는 알아. 너의 주파수가 완성되었고, 이제 2번 출구로 떠날 수 있게 되었다는 것을.

알리

퍼즐의 마지막 조각이 맞춰지듯, 이곳은 완성되었다고 한다. 완성된 이곳을 우리는 2번 출구라 부른다. 내가 이곳에 오기까지 많은 고민과 그만큼의 기다림이 있었다. 후회는 없으며 잘 도착했다고 생각한다.

지금 2번 출구는 우주 에너지 안에 존재하는 신호로 이루어져 있다. 의식의 공동체, 혹은 정신의 집합체와 같은 형태로 존재하는 우리에게는 더 이상의 물리적인 실체가 필요 없다. 나는 인간과 의식의 중간 형태로 아직은 양쪽에 모두 손을 뻗고 있지만 조만간 이들과 완전히 함께할 수 있을 것이다. 변환이 다 이뤄진 것이 아니기 때문에 나는 외계의식이 말하는 우리의 모습을 유니의 통역에 맞춰보는 중이다.

처음에 유니가 보여준 것은 암흑이었다. 내가 별 반응을 보이지 않자 유니는 조건을 달리하여 다시 보여줬다. 어디에서부터 시작되었는지 모를 시간 동안 조금씩 빛이 새어 나왔다. 어둠을 뚫고 나온 빛은 그대로 나를 통과하여 다시 어둠에 머물렀다. 빛은 어둠의 영역 그 안에서 움직이고 있었다. 빛이 움직이는 어둠을 향해 유니는 다시 조건을 다르게 바꿨다. 이제는 암흑이 아닌 거대한 점이 보였다.

작은 우주

어쩌면 거대한 우주

어둠은, 빛은, 그리고 점을 이루는 다른 수많은 점들은 마치 점 안으로 빨려 들어갈 듯한 속도로 서로의 우주를 향했다. 어떤 자리에서 보느냐에 따라 점은 그저 점으로 보이기도 하고 점이 모인 선으로도 보였다. 점은 움직이기보다는 이제 흐르고 있다. 무수히 많은 점과 연결되어 각양각색의 색으로, 그리고 빛으로 흐른다. 수많은 점으로 이뤄진 또 하나의 점. 조건을 다르게 입력하고 스캔하면 점점이 색이 달라질 뿐, 그저 점이 모여 점이 된다. 끊임없이 움직이며 살아 있는 생명의 알갱이들. 이들이 흐르는 시간의 강. 흐름을 좇다보면 거대한 점을 구성할 만큼 다양하고 역동적인 움직임의 요소들이 곳곳에 녹아 있다. 2번 출구에서 바라보는 우리의 우주, 우리의 모습은 그랬다.

데이터는 어디에서든 온다. 우주도 마찬가지다. 우주 안에서 우리는 같은 것을 공유하고 존재로서 우주의 요소가 된다. 우주는 그렇게 요소가 모여 존재한다. 그저 우리도 모르는 새에 우주에 영향을 주고받는다는 것을 이제야 알았을 뿐이다. 지구에 도착한 외계신호를 통해서.

전방의 민트색 점이 반짝이더니 내 주변을 채웠던 우주의 모습이 순식간에 민트색 점 안으로 빨려 들어간다. 시간을 거꾸로 돌린 듯, 나는 흩날리는 민트색의 홀씨 뭉치 속에서 숫자를 본다. 이들은 자신의 몸을 바꾸며 수를 세기 시작한다.

3, 2, 1…

주위에 모든 색이 하얗게 변한다. 2번 출구는 다음 방문자를 기다린다. 문이 열린다.

우리는 이 별을 떠나기로 했어

ⓒ 천선란·박해울·박문영·오정연·이루카, 2021 Printed in Seoul, Korea

초판 1쇄 펴낸날 2021년 3월 2일
초판 5쇄 펴낸날 2024년 5월 28일

지은이	천선란·박해울·박문영·오정연·이루카
펴낸이	한성봉
편집	김학제·안태운·박소연
콘텐츠제작	안상준
디자인	최세정
마케팅	박신용·오주형·박민지·이예지
경영지원	국지연·송인경
펴낸곳	허블
등록	2017년 4월 24일 제2017-000050호
주소	서울시 중구 퇴계로30길 15-8 [필동1가 26]
페이스북	www.facebook.com/dongasiabooks
인스타그램	www.instagram.com/dongasiabook
트위터	twitter.com/in_hubble
전자우편	dongasiabook@naver.com
블로그	blog.naver.com/dongasiabook
전화	02) 757-9724, 5
팩스	02) 757-9726
ISBN	979-11-90090-37-7 03810

이 도서의 국립중앙도서관 출판예정도서목록(CIP)은
서지정보유통지원시스템 홈페이지(http://seoji.nl.go.kr)와
국가자료종합목록 구축시스템(http://kolis-net.nl.go.kr)에서
이용하실 수 있습니다.

※ 허블은 동아시아 출판사의 문학 브랜드입니다.

※ 잘못된 책은 구입하신 서점에서 바꿔드립니다.

만든 사람들

책임편집	신소윤
교정	원보름·하명성
표지디자인	석윤이
본문조판	김경주